우리가 겨울을 지나온 방식

제19회 세계문학상 수상작

우리가 겨울을 지나온 방식

문미순 장편소설

차례

우리가 겨울을 지나온 방식 7

추천의 말 250

작가의 말 255

*

  그날 밤, 그녀는 자정이 지나서야 집으로 돌아왔다. 빌려 입은 듯 꽉 끼는 트렌치코트 속 불어난 몸은 때 아닌 늦가을 한파와 취기로 잔뜩 얼어 있었다. 문을 열고 집 안의 익숙한 냄새와 온기 속으로 들어서자 현기증과 함께 눈꺼풀이 감겨 왔다. 신발을 벗고 무심코 거실로 들어서다 그녀는 하마터면 앞으로 고꾸라질 뻔했다. 엄마는 자신의 잠자리가 아닌 작은 방으로 가는 중간 바닥에 코를 박고 엎드려 있었다. 뭔가를 급히 찾으러 가려다 문턱에 걸려 넘어진 것처럼 보였다. 엄마의 두 팔과 다리는 높은 사다리를 오를 때의 자세와도 같이 가고자 하는 방향을 정확히 가리키고 있었다. 향년 76세. 오늘, 엄마가 돌아가셨다.

1

벨이 울리고 있었다. 엄마가 또 머리맡의 벨을 누르는 모양이었다. 명주는 이불을 뒤집어쓰고 모로 누워 귀를 틀어막았다. 그런데도 엄마가 계속 머리카락 몇 올을 틀어쥐고 잡아당기는 기분이 들었다. 깜박 잠이 든 것 같았는데 다시 벨소리가 들렸다. 엄마가 누르는 벨소리가 아닌 멜로디가 반복되는 초인종 소리였다. 도대체 누가. 명주는 떠지지 않는 눈을 흡뜨며 일어서려다 짧은 비명과 함께 주저앉고 말았다. 압정을 밟기라도 한 듯 날카로운 통증이 발바닥에서 정수리로 뻗쳐 올랐다. 명주는 발바닥을 감싸 쥐고 얼굴을 찡그렸다.

—누구세요?

명주는 다리를 절뚝이며 현관으로 걸어갔다. 그사이에도

초인종 소리는 계속해서 울렸다.

　―소독이요, 소독!

　허스키한 중년 여자의 목소리가 들렸다. 외시경 밖에 검은 파카를 입은 여자가 한 손에 소독용 스프레이 통을 들고 서 있었다. 명주는 매달 오는 소독이거니 별생각 없이 문을 열었다. 여자보다 찬바람이 먼저 들어왔다. 여자는 뒤축이 구겨진 신발을 벗고 거실로 들어서면서 코를 큼큼거렸다. 마스크로 얼굴의 반을 가렸지만 미간을 조인 주름이 선명하게 보였다. 여자는 사인용 파일을 바닥에 내려놓으며 또 한 번 미간을 찡그렸다.

　명주는 그제야 제 모습을 내려다보았다. 며칠 전부터 입고 있던 옷 그대로 잠을 자다 이제 막 일어났다는 걸 깨달았다. 명주는 급히 머리와 옷매무새를 가다듬었다. 13평 오래된 임대아파트에 소독이랄 것도 없는데 여자는 소독용 스프레이 통을 들고 거실 겸 안방을 지나 베란다와 부엌, 화장실로 다니며 소독약을 뿌리고 있었다. 명주는 무심코 여자의 동선을 쫓다 작은방에 눈길이 멎었다. 순간 얼굴이 훅 달아올랐다.

　낯선 이를 집 안에 들이다니. 명주는 입술을 깨물며 경솔했던 자신을 나무랐다. 행여 여자의 동선을 놓칠세라 두 눈을 부릅떴다. 그사이에도 수십 개의 바늘이 화상으로 유착된 발바닥을 수시로 찔러댔다. 명주는 통증을 참아내느라 미간을 찌푸리며 간간이 밭은 숨을 내쉬었다. 여자가 소독을 마치고 집 안을 힐끔거리다 바닥에 놓인 파일을 집어 들었다.

—사인은 제가 할게요. 701호시죠?

여자가 말했다.

—요즘 코로나라 볼펜 만지는 것도 싫어들 하셔서…….

명주는 여자가 하는 양을 가만히 지켜보았다. 여자가 사인을 하고 나가려다 거실 한가운데 명주가 덮고 자던 이부자리로 시선을 던졌다.

—혹시, 바퀴벌레는 안 나오나요?

여자가 마스크를 고쳐 쓰며 물었다.

명주는 고개를 저었다. 그만 꺼져달라는 말이 목 끝까지 올라왔지만 눌러 참았다.

여자가 나가고 명주는 문을 세게 닫았다. 걸쇠까지 단단히 걸어 잠그고 작은방으로 걸음을 재우쳤다.

문을 열고 들어가 방 안 구석구석 냄새를 맡았다. 다행히 이상한 냄새 같은 건 나지 않았다. 중고로 구입한 에어컨과 제습 기능이 있는 공기청정기도 잘 돌아가고 있었다. 명주는 나무관 앞으로 다가가 조심스럽게 뚜껑을 열었다.

엄마는 며칠 전 작업한 그대로 아마포에 둘러싸여 있었다.

둘러싼 모양이 거칠어 보이긴 해도 아마포에 진물이 밴 흔적 같은 건 없었다. 나무관 바닥 안에 뿌려놓은 과탄산소다와 베이킹소다, 방부제와 탈취 기능이 있다는 숯과 침향나무 조각들도 제 역할을 다하고 있는 듯했다. 명주는 엄마의 상태를 꼼꼼히 확인한 후, 나무관 뚜껑을 닫았다. 혹 자신의 코가 무뎌진 건 아닐까, 의심이 가기도 했지만 큰 이상은 없어 보였다. 명주는 반쯤 채워진 공기청정기의 물통을 비우고 방 안 곳곳에 편백나무 수액을 뿌린 뒤 작은방을 나왔다.

　명주는 거실 겸 안방 한쪽, 자신이 덮고 잔 이부자리를 한쪽으로 개켜 치웠다. 엄마가 누워 있던 바로 그 자리였다. 이부자리 옆에 있던 엄마의 물건들, 기저귀와 종이패드, 물병과 컵이 담긴 쟁반, 두루마리 화장지와 약봉지들은 모두 제자리를 찾아갔다. 날짜를 보니 엄마가 돌아가신 지 일주일이 지났다. 우왕좌왕했던 순간들의 기억은 희미했고, 작업을 끝내고 내처 잠을 잔 건 분명했다. 명주는 엄마가 누워 있던 자리를 다시 바라보았다. 이제 곧 쉰 살이 되고, 더 이상 엄마가 벨을 눌러 자신을 부를 일이 없으리란 사실이 믿어지지 않았다. 마침내 긴 간병의 터널에서 벗어났다는 홀가분함도 잠시, 혼자가 되었다는 두려움이 벨소리의 여운처럼 온몸으로 퍼져갔다.

베란다 창을 여니 맵고 찬 바람이 따갑게 볼을 때렸다. 가을 끝자락에 걸쳐 있던 날씨가 며칠 사이 겨울로 바뀌어 있었다. 명주는 검은 롱패딩에 모자와 마스크를 챙겨 쓰고 거울 앞에 섰다. 연금이 입금됐다는 엄마의 핸드폰 문자를 재차 확인하고도 한 시간째 이 차림으로 방 안을 서성거렸다. 엄마의 통장과 카드가 주머니 안에서 눅눅해지고 있었다. 명주는 엄마에게 먹이던 신경안정제와 진통제를 삼키고 마침내 용기를 내어 밖으로 나가보기로 했다. 날씨 탓인지 다리가 뻣뻣하게 굳어 말을 잘 듣지 않았다. 바닥을 디딜 때마다 짧은 신음이 터져 나왔다.

명주는 마침내 현금인출기 앞에 섰다. 현금인출기에 통장을 집어넣고 통장정리를 눌렀다. 기계가 책장 넘기는 소리를 내며 돌아가는 사이, 명주는 몸을 떨며 주위를 살폈다. 비밀번호를 누르고 다시 주위를 흘끔거렸다. 인출기가 열차 바퀴 구르는 소리를 내며 요란하게 돌다 납작하게 눌린 통장을 툭 하고 뱉어냈다.

1,006,860원

명주는 흡, 찬바람을 들이켰다. 떨리는 손가락으로 숫자 하나하나를 짚어가며 잔액을 확인했다. 지난달과 같은 액수였다. 이번 달 역시 엄마의 연금이 입금되리란 건 짐작했지만 눈으로 직접 확인하기까지는 믿을 수 없었다. 기초연금 307,500원과 유족연금 698,000원을 합친 1,005,500원이었다. 다리가 후들거리고 온몸의 피가 얼굴로 확 쏠려왔다. 명주는 통장을 가슴에 붙였다 떼기를 반복하며 일곱 자리 숫자를 보고 또 보았다. 이번엔 카드를 집어넣고 잔액을 다시 확인 했다. 역시 1,006,860이었다.

명주는 카드와 통장을 주머니에 넣고 돌아섰다. 뛰는 가슴을 좀처럼 진정시킬 수가 없었다. 발걸음이 저절로 앞을 향해 내달았다. 발바닥 통증 따윈 뛰는 가슴에 비하면 아무것도 아니었다. 맵고 찬 바람이 조금도 춥게 느껴지지 않았다. 앙상한 가지를 드러낸 나무와 대낮부터 술에 취해 비틀거리는 남자, 담벼락에 아무렇게나 버려놓은 부서진 유모차와 서랍장도 이 세상을 이루는 아름다운 풍경처럼 느껴졌다.

공원 벤치에 할머니들이 삼삼오오 둘러앉아 담소를 나누며 초겨울 햇볕을 쬐고 있었다. 공원 트랙을 따라 두 팔을 흔들며 걷고 있는 사람들, 자전거를 타는 남자아이들의 날렵한 몸짓이 주변 공기를 한층 달구는 듯했다. 명주는 이런 대낮, 거리를 활보하는 자신에게 의구심이 들면서도 탐색을 멈출 수 없었다. 지구에 불시착한 외계인이 지구의 낯선 생명체들을 바라보는 기분이었다. 엄마 손을 잡고 걸어가던 꼬마가 안녕! 하고 인사를 건네는데, 어떻게 인사를 받아야 할지 몰라 말을 얼버무리고 말았다.

명주는 인적이 드문 나무 벤치에 어정쩡하게 걸터앉았다. 아직도 발이 땅에 닿지 않는 것 같았다. 먼 산을 바라보며 떨리는 가슴을 진정시키려는데 누군가 명주의 어깨를 톡톡 쳤다.

―나 좀 데려가.

―네?

명주는 흠칫 놀라 몸을 뒤로 뺐다.

―나 좀 데려가.

―어, 어디로요?

―색시 집에.

명주는 그제야 앞에 선 사람의 행색이 눈에 들어왔다. 하늘색 스웨터에 밤색 바지, 노란색 보따리 하나를 가슴에 안고 있는 70대 중반의 할머니였다.

―집이 어디신데요?

명주가 경계하는 목소리로 물었다.

―나 좀 데려가 줘.

할머니는 애원조로 같은 말만 반복했다. 아무래도 길을 잃

은 것 같았다. 어찌할 바를 몰라 주위를 두리번거리는데 늙수
그레한 경비원이 빗자루를 들고 다가왔다.

　─또, 또 왔네, 이 할머니. 어여 집으로 가요! 주민들 성가
시게 하지 말고!

　경비원은 한 손을 휘휘 내저으며 할머니를 몰아냈다. 할머
니는 꾸지람을 들은 어린애처럼 시무룩한 얼굴로 주춤주춤
돌아섰다.

　─관리들을 어떻게 하는 건지 원……. 요양원 할머니가 툭
하면 저러고 나다니고 있으니 쯧쯧쯧.

　경비원은 언짢아하는 표정으로 비질을 계속했다. 할머니는
무릎이 좋지 않은지 엄마처럼 다리가 밖으로 휘어져 있었다.
쫓기듯 걸어가던 할머니는 얼마쯤 걸어가다 허리를 뒤로 젖
히며 쉴 자리를 찾았다. 그러다 아는 사람을 발견했는지 그쪽
으로 걸음을 재우쳤다. 할머니의 걷는 모습에 엄마가 떠올라
명주는 고개를 돌려버렸다.

　명주는 벤치에 조금 더 앉아 있었다. 군청색 크록스 샌들 안
으로 바람이 숭숭 들어왔다. 바닥이 푹신한 신발을 신으세요.
크록스 샌들은 명주의 발바닥 통증에 그나마 동정적이던 의
사가 내려준 처방이었다. 볼품없이 늘어난 체중 때문에라도
크록스 샌들은 진통제만큼이나 명주에게 없어서는 안 될 필

수품이었다. 사람들은 공원 트랙을 걷거나 운동 기구에 매달려 몸을 흔들고 누군가에게 전화를 하며 웃고 있었다. 아무도 명주가 누구인지 무슨 일을 저질렀는지 신경 쓰지 않는 것 같았다. 통장에는 한 달간 먹을거리를 살 만한 돈이 있고 아직은 따뜻한 햇빛이 머리를 비춰주는데, 명주는 신경이 곤두서 잠시의 햇빛조차 만끽하지 못하고 서둘러 집으로 돌아갔다.

오후엔 해가 나지 않고 하늘이 뿌옜다. 미세먼지로 창문을 열 수 없어 공기가 답답했다. 흐린 날엔 유독 신경통이 심했지만 보험료가 밀려 있어 병원에 갈 엄두를 못 내고 집 안을 맴돌았다. 더 이상 참을 수 없어 서랍 속에 얼마 남지 않은 엄마의 진통제 중 한 알을 꺼내 먹었다. 오전에 한 청소를 오후에도 한 차례 반복했다. 공기청정기의 상태를 확인하고 나무 관을 열어 이상이 없는지도 살폈다. 소독약을 묻혀 구석구석 꼼꼼히 걸레질을 하다 문득 궁금증 하나가 머리를 치고 올라왔다. 만에 하나 내가 한 일이 세상에 드러난다면.

명주는 걸레질을 하다 말고 핸드폰 검색창에 '사체은닉'이라고 쳤다. 화면에 사체손괴죄, 사체유기죄, 사체은닉죄 같은 단어들이 떴다.

'직장동료 살해, 5년간 베란다 고무통 안에 시체은닉 20대

女 징역 15년.'

'돈 문제로 애인 살해한 40대, 항소심에서도 징역 28년 선고.'

'3년간 딸 시체 은닉한 친모, 영아에게 수면제를….'

핸드폰 화면에 비슷비슷한 기사들이 줄줄이 올라왔다. 명주는 자신이 한 것과 유사한 사건을 찾고 싶었다. 검색창에 다시 '연금부정수령'이라고 쳤다.

'25년간 남편 사망신고 미뤄 3억 5천만 원 군인연금 부정수령.'

'아버지 사망 숨긴 채 20년간 연금 수령한 70대 딸 기소.'

명주는 70대 딸의 기소 사건을 클릭해 자세히 읽었다. 그는 현재 기초생활보장법과 기초연금법 위반 혐의로 재판에 넘겨진 상태였다. 형량은 언급이 없어 아직 재판 중인 듯했다. 20년간 연금을 수령했다면 70대 딸이 50대부터 연금을 받아왔단 얘기였다. 명주는 부쩍 호기심이 일었다. 형량도 형량이지만, 주민센터 직원이 아버지의 신원을 확인하러 왔을 때 대처한 방법이며, 지자체에 제출할 서류를 위조한 방법에 관한 내용들이 흥미로웠다. 현재 법률상, 유족이 사망신고를 하지 않으면 공공기관에 자동으로 사망등록이 되지 않는 건 다행스러운 일이었다. 한 여자가 남편을 죽이면 살인이라고 부르지만, 다수가 같은 행동을 하면 사회현상이라고 부른다 했던가.* 명주는 어디선가 읽은 글귀를 떠올리며 이 세상 어딘가에 자신처럼 살고 있는 누군가가 있다는 것이 이상하게도 위안이 되었다.

다시 걸레를 움켜잡고 바닥을 닦는데 손등 위로 물방울이 톡 하고 떨어졌다. 명주는 손등의 물기를 문질러 닦으며 천장을 올려다보았다. 형광등 근처로 손바닥 넓이의 얼룩이 번져 있었다. 쥐가 오줌을 지려놓은 듯한 복잡한 해안지도 모양의 얼룩. 한참을 올려다보았지만 물방울은 더 이상 떨어지지 않았다. 약 기운이 퍼지는지 팔다리의 힘이 풀리면서 꿈을 꾸듯 정신이 몽롱해졌다. 명주는 착각인가 싶어 조금 전 물방울이 떨어졌던 손등을 다시 한번 쓸어보았다.

---

* 제임스 팁트리 주니어, 『체체파리의 비법』(이수현 옮김, 아작, 2016, 23쪽)에서 차용. 원문은 "한 남자가 아내를 죽이면 살인이라고 부르지만, 충분히 많은 수가 같은 행동을 하면 생활 방식이라고 부른다."

2

준성은 햇볕이 잘 드는 공원 벤치에 아버지를 태운 휠체어를 세웠다. 햇볕이 있긴 해도 바람이 차가워져 산보객이 눈에 띄게 줄어 있었다. 운동을 나오기 전 아버지는 온갖 구실을 대며 꾀를 부렸다. 발목이 시큰거린다고, 옆구리가 결린다고. 준성은 발목에 맨소래담을 발라주고 옆구리엔 허리밴드를 둘러주었다. 아버지는 운동을 하는 게 마치 준성을 위해서하는 수고라도 되는 듯 이런저런 핑계를 대면서 준성의 속을 뒤집어놓았다. 이럴 때마다 준성은 아버지의 뒤통수를 쥐어박고 싶은 충동과 싸워야만 했다.

저쪽에서 단발머리 여학생이 주절주절 혼잣말을 하며 공원 트랙을 돌고 있었다. 여학생은 준성과 아버지처럼 아침 열 시면 어김없이 공원에 나와 트랙을 도는 고정 산보객 중 하나였다. 사람들만 보면 쫓아 달려가는 은빛요양원 할머니와는 달리 단발머리 여학생은 사람들을 피해 혼자서 걸었다. 그것도 열심히 중얼거리면서. 은빛요양원 할머니는 아직 출근 전인 모양이었다. 준성은 두 사람 모두 어딘가 이상하다는 건 알겠는데 행동방식이 정반대인 게 신기하기만 했다.

여학생은 오늘 기분이 좋은지 발걸음에 맞춰 박수를 두 번씩 쳐댄다. 가끔씩 으라차차 기합을 넣기도 한다. 준성이 안녕! 하고 인사를 건네자 여학생은 수줍은 듯 얼굴을 숙이고 빠른 걸음으로 달아난다. 어쩌다 한번 눈을 내리깔고 슬쩍 한 손을 들어 올렸다 내린 적도 있지만 그게 준성에게 보낸 인사인지는 확실하지 않다. 준성은 여학생이 이어폰을 꽂고 중얼거리고 다녀 처음엔 노래를 따라 부르거나 누군가와 통화를 하는 줄 알았다. 하지만 이젠 그 아이의 혼잣말이 자기 안의 불안과 싸우는 것이 아닐까 생각한다.

준성은 아버지를 휠체어에서 일으켜 세웠다. 걷기 연습을 하고 나면 아버지는 다리에 힘이 풀렸다며 휠체어를 찾아 앉지만, 공원 트랙을 다섯 바퀴 돌 때만큼은 꾀를 부리지 못하게 했다.

—그렇지. 뒤꿈치에 힘을 주고! 아니 아니, 팔은 나를 잡고!

준성은 아버지의 두 팔을 잡고 걸음마를 배우는 어린애처럼 한 발 한 발 걸음을 떼게 했다.

―잘하네. 근데 왜 안 하려고 해? 이렇게 잘하면서!

준성은 소리쳤다.

아버지는 준성의 칭찬에 기분이 좋아졌는지 준성의 손을 놓고 혼자서 더듬더듬 걷기 시작했다. 한 바퀴를 돌자 속도가 제법 붙기 시작했다. 준성은 아버지 손에 지팡이를 쥐여주며 그 뒤를 바짝 따랐다.

―그렇지! 어깨는 펴고!

준성은 아버지의 걸음마다 힘을 실어주었다.

―목소리만 들으면 젊은 아빠가 어린애 걸음마 연습시키는 줄 알겠어.

뒤에서 걸어오던 중년 부인 둘이 아는 척을 했다.

―아, 오늘은 같이 나오셨네요!

준성은 고개를 숙이며 웃었다.

―안녕하세요, 할머니! 날씨가 많이 쌀쌀해졌죠?

준성은 건너편에서 보행기를 끌며 걸어오는 할머니에게도 인사를 건넸다.

준성은 익숙해진 얼굴들이 많아 공원에 나오면 인사하기에 바빴다. 아버지는 인사를 받는 둥 마는 둥 사람을 피하지만 준성은 그래서 더더욱 아버지를 데리고 나왔다. 마냥 늘어지고 텔레비전만 보는 아버지를 밖으로 데리고 나오는 것 자체가 고역이어도 준성은 일부러라도 사람들과 대면하게 하고 싶었다. 이마저도 안 하면 아버지는 더 외톨이가 될 테니까.

아버지는 공원 트랙을 연달아 세 바퀴 돌고 숨을 몰아쉬었다. 준성은 중간에 한 번씩 아버지를 쉬게 하고 보온병의 따뜻한 물을 건넸다. 아버지는 다시 걸어 다섯 바퀴를 채우고는 무너지듯 휠체어를 찾아 앉았다.

파란색 반바지에 17이라는 숫자가 적힌 흰색 유니폼을 입은 한 남자가 그들 곁을 달려갔다. 근육이 적당히 붙은 날렵한 몸과 산뜻한 차림새가 초겨울 햇빛 속에서 유독 빛났다. 준성은 직감적으로 또래라는 것을 알았지만 못 본 척 고개를 돌렸다. 곧바로 아버지 이마에 난 땀을 닦아주고 한기를 느낄세라 담요로 꼭꼭 덮어주었다. 햇빛이 준성의 어깨를 따뜻하게 비추고 아버지의 무릎담요 위로 부서져 내렸다.

햇빛은 그 자체로 좋았다. 준성은 햇빛 아래 있으면 빛의 알갱이들이 자신을 감싸고 자신을 이루는 알갱이들과 뒤섞여 그 또한 이 우주의 일원이라고 상기시켜주는 듯했다. 그 역시 17번 유니폼을 입고 달리던 청년과 같이 빛나는 존재임을. 그래서 그가 처한 현실, 변변한 직업도 없이 병든 아버지를 돌봐야 하고 생활비를 벌기 위해 밤으로 대리운전을 뛰어야 하는 스물여섯 살의 청년이라는 사실로부터 잠시나마 그를 해방시켜주었다.

준성은 아버지의 휠체어를 밀고 집으로 향했다. 빨래를 하고 점심과 저녁 준비까지 해야 할 일이 산더미였다. 머릿속으로 냉장고 속의 반찬들을 헤아리는데 위쪽 벤치에 옆집 701호 여자가 앉아 있는 것이 보였다. 준성은 한동안 옆집 할머니를 못 본 터라 무척 반가웠다. 여자는 1년 반 전부터 옆집에 들어와 살고 있는 할머니의 딸이었다.

─안녕하세요? 산보 나오셨나 봐요.

준성은 휠체어를 밀고 가면서 말했다.

여자는 담배를 비벼 끄며 고개를 들었다. 새치가 섞인 희끗하고 푸석한 머리, 낡은 자주색 롱패딩에 헐렁한 바지, 군청색 크록스 샌들 사이로 삐져나온 발까지 여자는 그다지 외모에 신경을 쓰지 않는 사람 같았다. 여자가 아버지를 향해 고개를 꾸뻑했다.

─담배를 피우시는 줄은 몰랐어요.

준성은 아버지에게 하듯 저도 모르게 잔소리가 튀어나와 겸연쩍게 웃었다.

─담배는 몸에도 좋지 않은데…….

701호 여자가 민망할 정도로 준성을 똑바로 쳐다보았다. 그걸 누가 모르니? 남의 일에 웬 참견. 여자가 그렇게 말하는 것 같았다. 휠체어를 잡은 준성의 두 손에 땀이 찼다.

─그럼 먼저.

여자는 별로 말을 섞고 싶지 않은 듯 발로 비벼 끈 담배꽁초를 집어 들었다.

─저, 할머니 좀 어떠세요?

준성은 여자의 눈치를 살피며 조심스럽게 물었다.

─제가 가서 지압 좀 한번 해드릴까요?

─아, 아니에요. 고맙지만 됐어요.

여자가 고개를 저었다.

─제가 국가고시 자격증은 없지만 전에 물리치료학과에 다녔거든요.

─네. 다음에요.

여자는 웃어 보였지만 단호한 거절이었다. 그런데도 준성은 또 묻고 있었다.

─할머니는 요즘 잘 안 보이시네요. 밖에도 안 나오시고.

─감기몸살을 크게 앓아서.

─병원엔 다녀오셨어요? 노인분들 한번 앓으시면 오래 가잖아요.

준성의 말에 여자는 입꼬리를 한쪽으로 비틀며 힘없이 웃었다. 그런 건 본인이 다 알아서 한다는 듯.

─편찮으시기 전엔 반찬도 나눠주시고 저희한테 참 잘해주셨는데…….

준성은 자신이 눈치도 없이 여자를 붙잡고 있단 생각이 들었다. 여자가 따분하단 표정으로 돌아서려 할 때 준성은 그제야 묻고 싶었던 말이 떠올랐다.

─근데 참, 에어컨 다셨나 봐요?

준성은 불쑥 질문을 던진 게 멋쩍어 웃어 보였다. 여자의 얼굴이 언뜻 굳어지는 듯했다.

─네, 싸게 나온 게 있어서.

─언제 다셨어요? 며칠 전에 보니까 실외기가 돌아가고 있던데…….

준성은 새벽녘 대리운전을 마치고 들어오다가 복도에서 돌아가는 에어컨 실외기 소리에 놀란 적이 있었다. 겨울 코앞에 에어컨이라니.

─작은방에 습기가 차서. 그럼.

여자는 짧게 말하고 돌아섰다.

여자의 짧았던 머리는 이마와 귀를 덮었고 아픈 사람처럼 찌푸린 얼굴 표정은 여전한 듯했다. 준성은 할머니처럼 활달

하고 다정한 분에게 이런 딸이 있다는 게 좀처럼 믿기지 않았다. 할머니가 치매기가 있고 감기를 앓는다 해도 햇볕이 좋은 낮엔 한 번쯤 바깥바람을 쐬어줘야 하는데 여자는 아버지와는 다른 의미로 게을러 보였다. 준성은 701호 여자가 결코 호감형 스타일은 아니지만 환자를 간병하는 보호자끼리 서로 정보도 교환하면서 할머니와 그랬던 것처럼 친하게 지내고 싶었다. 하지만 여자는 생각이 다른지 쌩하니 돌아서 가버렸다.

─추워. 안 들어가?

아버지가 짜증이 묻어나는 말투로 물었다. 준성은 할머니와 오가며 친밀하게 지내던 때를 떠올리다 아버지 목소리에 현실로 돌아왔다. 휠체어를 힘주어 밀기 시작했다. 앞서 가던 여자가 손에 들고 있던 담배꽁초를 쓰레기봉투에 찔러 넣는 것이 보였다. 불편한 다리로 서두르느라 걷는 모습이 부자연스러웠다. 못 본 사이 몸이 꽤 불어난 것 같았다. 아직은 따뜻한 햇살이 여자의 둥근 어깨 위에도 고르게 내려앉고 있었다.

3

명주는 작은방을 소독하다 이상한 벌레들을 발견했다. 처음엔 어쩌다 나온 벌레려니 했는데 오늘은 방 안 곳곳에서 눈에 뜨였다. 나무관 근처 장판 모서리를 살짝 들추자 다리가 많이 달린 돈벌레 두 마리가 앞을 다투듯 달아나버렸다. 방입구 쪽에는 더듬이와 꼬리가 달린 흰빛의 이름 모를 벌레들도 보였다. 습기 때문일까. 천장을 올려다보니 누수가 있던 형광등 근처로 얼룩이 조금 더 번졌고 천장 구석에는 보이지 않던 검은 곰팡이까지 피어 있었다. 그렇게 매일같이 소독을 하고 제습 기능이 있는 공기청정기를 돌리고 있는데도.

명주는 두 손을 허리에 얹고 한숨을 내쉬었다. 702호가 의심할까 싶어 에어컨은 켤 수도 없었다. 에어컨을 켠다고 곰팡이와 벌레들이 사라질까도 의문이었다. 작은방은 보일러도 잠가놓아 이미 충분히 추웠다. 빙하기에도 살아남았다는 바퀴벌레를 생각하면 벌레들은 언제 어디서고 출현할 게 뻔했다. 혹, 시신 안쪽에서 부패가 시작되고 있는 건 아닐까 불길한 생각이 들었다. 그런 생각 때문인지 어디선가 이상한 냄새가 나는 것도 같았다. 명주는 벌레들이 온 집을 점령하고 마침내 자고 있는 자신의 얼굴 위를 기어 다니는 상상을 하곤 진저리를 쳤다. 강력한 살충제가 필요했다.

명주는 들고 다니던 천 가방에 지갑과 핸드폰을 챙겨 들고 집을 나섰다. 묵직한 느낌에 가방 안을 보니 외출할 때면 습관처럼 챙기던 물병과 물티슈, 기저귀와 손수건, 사탕 같은 엄마의 물건들이 들어 있었다. 엄마의 부재가 주는 죄책감과 홀가분함 사이를 오가던 중 엘리베이터는 어느새 1층에 다다라 있었다.

명주는 약국으로 들어가 가장 센 살충제를 달라고 했다. 약사는 명주의 표정이 비장해 보였는지 뭘 잡으려느냐고 물었다.

―기어 다니는 건 모조리 다요.

명주는 집으로 돌아와 방 안 구석구석 살충제 한 통을 거의 다 뿌렸다. 어찌나 다급히 뿌려댔던지 손아귀가 저릴 정도였다. 아마포에 싸인 엄마의 시신 곳곳에도 살충제를 뿌렸다.

벌레들을 모조리 박멸하겠다는 마음에 마스크도 안 쓰고 살충제를 뿌린 탓일까. 머리가 지끈거리며 발바닥 통증까지 겹쳐왔다. 서랍을 여니 마지막으로 병원에서 받아 왔던 엄마의 약들 중 진통제는 다 먹어 없고 치매 약과 신경안정제, 기침약과 소화제들뿐이었다. 명주는 기분이 나아질까 싶어 신경안정제라도 한 봉지 꺼내 삼켰다. 집 안의 창문을 활짝 열어놓고 다시 밖으로 나갔다.

연말이라 해도 거리엔 사람들이 별로 없었다. 그나마도 마스크와 모자, 목도리로 온몸을 칭칭 감싼 사람들뿐이었다. 가게 앞을 장식한 트리와 반짝이는 네온 불빛마저 쓸쓸하게 느껴졌다. 명주는 약국에서 진통제를 사 그 자리에서 두 알을 꺼내 삼켰다. 그동안 연체된 보험료 97만 원을 내면 다시 병원 진료를 받을 수 있겠지만 그럴 목돈도 없고 그러고 싶지도 않았다.

명주는 약국에서 나오다가 건너편 화장품 가게 앞에서 팔짱을 끼고 재잘대는 여학생 둘을 보았다. 삭막한 겨울 산에 때를 착각해 피어난 개나리꽃을 본 듯 눈앞이 환해졌다. 저맘때의 은진이 모습이 떠올랐다. 직원이 학생들에게 안으로 들어와 구경하라는 말을 건네고 있었다. 명주는 자신도 사야 할 물건이 있는 것처럼 여학생들을 따라 이끌리듯 걸어 들어갔다.

가게 앞은 화려한 광고문구들로 가득했지만 가게 안은 그 요란함이 무색하리만치 한산했다. 학생들은 요즘 유행하는 립스틱 상품이 있는지 묻고는 사은품도 많이 챙겨달라 떼를 쓰듯 말했다. 명주는 어디선가 많이 듣던 소리 같아 혼자 피식 웃었다. 서비스는 더 없나요? 깔창이나 구둣주걱이라도. 사은품은 손님을 꼬시는 미끼에 불과하다는 걸 알면서도 사람들은 바랐다. 그게 결국 자신이 지불하는 비용인 줄도 모르고. 명주가 백화점 구두 매장에서 근무할 때 손님들은 뭐라도 챙겨줘야 흡족해했다.

—뭐 찾으시는 거 있으세요?

직원이 상냥하게 물어왔다. 여학생들이 사은품을 받고 함빡 웃는 얼굴로 나간 뒤였다.

—아니, 네. 스킨 하나 주세요.

명주는 말을 내뱉고서야 아차 싶었다. 제품 브랜드명을 정확히 집어 말해야 했는데. 직원은 어느새 대여섯 종류의 스킨과 로션, 에센스 제품들을 명주 앞에 늘어놓고 있었다.

—피부 탄력이 떨어지는 겨울철엔 에센스 기능이 첨가된 스킨을 사용해보심 어떨까요? 크리스마스 이벤트로 30프로 할인 행사 하고 있거든요. 포인트도 10프로씩 적립해드려요.

직원은 미소 띤 얼굴로 명주를 부추겼다. 명주는 직원의 판매 전략을 훤히 알면서도 야박하게 굴고 싶지 않았다. 이번 기회에 하나 더 장만하세요. 내일부턴 이 가격으로 살 수 없거든요. 명주도 그렇게 손님을 구슬리곤 했다. 명주에겐 돈 먹는 하마처럼 쑥쑥 자라는 열여섯 살 딸이 있었으니까. 모름지기 매니저에겐 매일 채워야 할 목표액이 있었다. 명주는 그 목표액을 맞추기 위해 자신의 카드로 구두를 사서 가매출을 잡고 매출이 좋은 날에 돌려받는 방식으로 매출액을 채웠다. 니들이 여기 아니면 갈 데나 있어? 식당이나 마트밖에 더 있냐고? 백화점 구두 매장 점장은 입만 열면 그런 말들을 지껄여댔다. 이벤트와 할인 행사가 이어지는 12월엔 밤 열 시까지 연장 근무를 하고 자는 둥 마는 둥 다시 출근 준비를 해야 했다. 채워! 채워! 채우란 말이야! 점장의 계속되는 압박에 늘어난 카드빚과 여기저기서 빌린 돈이 급기야 2천만 원을 넘었다. 여기가 아니면 안 될 것처럼 인생을 갈아 넣어도 느는 건 빚뿐이었다. 더 이상 버티지 못하고 사표를 내고 말았다. 명주는 아직도 그곳에 남아 있는 직원이 있을지 궁금했다.

─특별히 사은품도 많이 챙겨드렸어요. 이벤트 행사 있을 때마다 안내 문자가 갈 겁니다.

직원은 핑크빛 쇼핑백에 스킨 로션과, 에센스, 수분크림을 넣어주며 활짝 웃었다. 명주는 그제야 예정에도 없는 지출을 했다는 걸 깨달았다. 생필품도 아닌 화장품을 세 개씩이나 산 건 실로 오랜만이었다. 다음 달이면 다시 채워질 엄마의 연금이 아니라면 엄두도 못 낼 일이었다. 직원이 가게 밖까지 따라 나와 고개를 90도로 숙였다.

가게를 나와 크리스마스 캐럴이 들려오는 거리를 걷노라니 은진이 생각이 났다. 이혼 후 둘이서 잘 살아보자며 집을 구해 방을 꾸미고 치킨과 콜라를 마시며 앞날을 기약했던 때도 이 무렵이었다. 명주는 오랜만에 딸을 불러내 같이 밥을 먹는 상상을 해보았다. 제대로 학기를 마쳤다면 은진은 다가오는 2월에 대학을 졸업할 것이다. 대학생활은 잘 했는지, 취업준비는 잘 돼가는지 궁금했다. 5년 전, 다시 아빠 집으로 돌아간 은진은 몇 번 전화를 하다 전화번호를 바꾸고 연락을 끊어버렸다.

아파트 7층 복도로 들어섰을 때, 누군가 명주의 집 창문 안을 기웃거리고 있었다. 키가 작고 지팡이를 짚은 노인이었다.

—누구세요?

명주가 조심스레 다가서며 물었다. 노인은 천천히 몸을 돌려 명주를 쳐다보았다. 입성은 깔끔했지만 움직임이 조금 불편해 보였다.

―증평댁 안에 있나?

　노인이 대뜸 물었다. 명주는 가슴이 뜨끔했다. 증평댁이라는 말이 생소했지만 엄마를 찾는 거란 걸 직감적으로 알았다.

　―아니요. 병원에 입원하셨는데요.

　명주는 슬쩍 둘러대며 노인의 기색을 살폈다.

　―아니, 아직도 병원에 계시는가?

　명주는 멈칫했다. 이건 그냥 지어낸 말일 뿐인데 아직도라니. 명주는 퍼뜩 짚이는 게 있어 되물었다.

　―혹시, 일전에 저와 통화하셨던 그분이신가요?

　―맞아, 맞아. 내가 그 사람이여.

　노인이 손짓까지 해가며 고개를 끄덕였다.

　엄마가 돌아가신 후, 엄마의 핸드폰으로 여러 번 전화를 걸어온 사람이 있었다. '진천할배'라는 이름으로 걸려온 전화였다. 몇 번을 받지 않고 피하다 계속되는 전화에 중요한 일인가 싶어 받았더니 의외로 어린 학생이었다. 그때 학생은(아마도 손주) 잠깐만 기다리라며 노인을 바꿔주었고 노인은 어눌한 발음으로 왜 이렇게 연락이 되지 않느냐고 물었다. 명주는 엄마가 폐렴으로 입원 중이라고 둘러댔었다. 노인이 다시 뭐라고 물어왔지만 발음이 분명치 않아 전화는 짧게 끝났다. 노인정 같은 데서 알고 지냈던 사람의 전화려니 생각하고 명주는 더 이상 신경 쓰지 않았다.

─그새 나는 증평댁이 퇴원을 했나 어쨌나 궁금해서 직접 와봤지. 애들은 날이 차다고 나가지도 못하게 하는데, 좀이 쑤시고 궁금해서 안 와볼 수가 있어야지. 몰래 왔어.

노인은 정말 엄마가 걱정되어 한달음에 달려온 사람처럼 보였다. 마스크 위로 드러난 하얀 피부가 창백해 보이긴 했지만 두툼한 오리털 점퍼에 잘 다려진 모직 바지, 머리에 쓴 밤색 중절모는 그가 가족들의 따뜻한 보살핌을 받고 있다는 것을 짐작게 했다.

─그래 지금은 좀 어떠신가?

노인은 걱정되는 얼굴로 물었다.

─폐렴으로 한참 고생하시다가 최근에 치매기가 생겨서 검사한다고 계속 병원에 입원해 계세요. 전 잠깐 뭘 가지러 온 길이라.

─치매? 아니 어쩌다 그, 그런…….

노인은 꽤나 큰 타격을 받은 듯 말까지 더듬었다.

─난 그런 줄도 모르고 연락 안 되는 것만 탓하고 있었구먼.

명주는 어둡게 변하는 노인의 표정을 바라보았다.

─병원은 어디?

─저기…… 상계동에.

명주는 코로나로 면회가 안 되는 것쯤은 할아버지도 알 거라고 생각했지만 그래도 조금 먼 쪽으로 말했다. 노인도 딱히 면회를 오겠다기보다는 걱정이 되어 물은 듯했다.

—거기 어머니하고 난 친구여. 나도 1년 전에 갑자기 뇌출혈로 쓰러지는 바람에 죽다 살아났지.

노인은 모자를 고쳐 쓰며 다시 입을 열었다.

—병원에서 꽤 오래 의식불명으로 있다가 재활치료 한다고 여태껏 딸네서 지내다 이제 왔네. 궁금해했을 거여. 거시기 뭐냐. 정신이 웬만할 때 진천할아버지가 왔다 갔다고 전해주면 알 거구먼.

노인은 말을 마치고 주머니에서 주섬주섬 뭔가를 꺼냈다.

—이거, 영양젠데, 증평댁한테 전해주게.

노인은 손에 들고 있던 하얀 봉지를 내밀었다.

—기력 없는 노인들한테 좋다고 해서.

노인은 끝이 네 개로 갈라진 지팡이에 의지해 천천히 돌아섰다. 노인의 다른 한 손은 안으로 살짝 굽어 주먹을 쥔 듯 굳어 있었다. 한 발 한 발 지팡이에 몸을 의지해 걸어가는 모습이 불안해 보였다.

명주는 노인이 건넨 영양제 봉지와 노인의 뒷모습을 번갈아 보며 마음이 복잡해졌다. 친구라고? 그럼 저 노인과 엄마가 사귀었다는 건가? 엄마에게 할아버지 친구가 있었다니 믿기지 않았다. 명주는 엄마와 살던 1년 반 동안 엄마에게서 친구가 있다는 소리를 들어본 적이 없었다. 자기 모르게 간간이 연락을 주고받다가 엄마의 치매가 심해지던 시기에 노인도 뇌출혈로 쓰러지면서 연락이 끊어졌다고밖엔 추측할 수 없었다.

명주는 집으로 들어가려다 복도 난간 너머를 내려다보았다. 까만 콜택시 한 대가 서 있었다. 할아버지가 내려가자 기사로 보이는 남자가 할아버지를 부축해 차에 태우고 천천히 주차장을 돌아 나갔다.

명주는 집에 들어와 엄마의 핸드폰에서 '진천할배'란 이름의 통화와 문자들을 찾아보았다. 최근에 온 전화 이전으로 거슬러 올라가니 1년도 더 전의 기록들이 나타났다.

두 사람이 주고받은 문자들은 간략했다. 뭐 하냐, 어디서 보자, 몇 시에 만나자 같은 짧고 간단한 문자들이었다. 그마저도 진천할아버지가 주로 보낸 것이고 엄마가 보낸 것은 네, 아니요, 고마워요, 지금 가요 같은 짧은 답변들이었다. 예전에 명주가 문자 하는 법을 가르쳐주려 해도 전화로 하면 될걸 왜 골 아프게 글자를 조몰락거리냐며 배우려 하지 않던 엄마였다. 명주는 저도 모르게 피식 웃음이 났다. 엄마가 남자

친구를 사귀었다니……. 명주는 문자들을 더 거슬러 올라가다 이런 문자를 발견했다.

감기는 다 나았소?
비가 많이 오니 베란다창 문 잘 닫고 주무시오.
김치는 맛있게 먹었소.

명주는 두 사람이 주고받은 문자들을 보고 있으려니 뭐라 설명할 수 없는 감정들이 밀려왔다. 분명 살아생전 엄마와 아버지 사이엔 존재하지 않았을 감정들을 훔쳐본 기분이었다. 자린고비에 무뚝뚝하고 언제나 화가 난 것처럼 목소리가 컸던 아버지. 명주는 13년 전 돌아가신 아버지 얼굴이 떠올랐다. 진천할아버지는 분명 아버지와는 결이 다른 사람 같았다. 하지만 명주는 생각지도 않은 복병이 나타났단 생각에 머릿속이 복잡해졌다. 진천할아버지의 등장은 명주의 계획에는 없던 일이었다. 할아버지는 계속 엄마의 안부를 묻고 퇴원 여부를 확인하러 올 게 분명했다. 문을 닫아걸거나 전화를 받지 않는다고 해결될 일이 아니었다. 명주는 엄마의 핸드폰을 닫고 멍하니 생각에 잠겼다. 언제고 훌쩍 서랍 속의 약을 털어 넣고 미련 없이 떠날 수 있는 자유를 빼앗긴 기분이었다.

4

　준성은 저녁 일곱 시에 일을 나가기 위해 다섯 시 반부터 저녁 준비를 서둘렀다. 쌀을 씻어 밥솥에 안치고 콩나물국을 끓였다. 김치와 김은 기본으로 놓고 납작하게 썰어놓은 소시지를 달걀물에 묻혀 프라이팬에 부쳤다. 아버지가 좋아하는 반찬이었다. 집 안에 기름 냄새가 돌자 아버지는 텔레비전 앞에서 기분 좋은 목소리로 물었다.

　―오늘 반찬은 소시지부침인가?

　―네. 오늘 운동 열심히 했으니까 상으로 주는 거예요.

　준성이 웃으며 말했다.

　―그래? 그럼 이왕 주는 거 소주도 한 병 추가해주면 좋겠다만.

아버지는 안 되는 줄 뻔히 알면서도 매번 같은 농담을 하곤 했다. 준성도 안 된다고 하지 않고 네, 아버지가 좀 더 좋아지면요, 웃으며 받아주었다.

─전에 어떤 점쟁이가 내 사주에 자식복 하나는 타고났댔지.

아버지가 입맛을 다시며 좋아진 기분을 이어가려 했다.

─자식복은 무슨! 돈복이라면 모를까.

준성은 슬쩍 심사가 꼬여 투덜거렸다. 집 나간 형을 두고 하는 말이었다.

─오늘 저녁에 비 온다더라. 나갈 때 우산 챙겨 가.

아버지는 슬그머니 말머리를 돌렸다. 그리고 무안했던지 나오지도 않는 헛기침을 몇 차례 했다. 아버지는 원래도 대책 없는 호인이지만 빚만 안겨놓고 떠난 형을 준성 앞에서 한 번도 뭐라 한 적이 없었다. 준성은 아버지가 뇌졸중 후유증에 알코올성 치매기가 있지만 인지기능은 정상에 가까워 그것 하나만으로도 큰 위안을 삼았다. 파출소에서 전화가 걸려오고 술에 취해 길바닥에 너부러진 아버지를 데려오는 일 또한 없어진 지 오래였다. 하지만 어느 때 보면 아버지는 형이 빚을 지고 집을 나간 때의 일이나 엄마가 난소암으로 수술 중 돌아가신 일을 전혀 기억하지 못하는 것 같기도 했다. 어느 땐 아무것도 아닌 일에 벌컥 화를 내는가 하면 집안일에는 무관심으로 일관했다.

시계를 보니 여섯 시 반을 지나고 있었다. 일곱 시 안에 저녁을 차려놓고 의정부로 나가는 버스를 타려면 서둘러야 했다. 준성은 아버지 앞에 밥상을 가져다 놓고 선 채로 콩나물국에 밥을 말아 먹었다.

—아버지, 가스 불 켜면 안 돼요. 데워 먹고 싶으면 전자레인지에 돌리고요.

—알았다니까. 잔소리 좀 그만해.

—저번처럼 냄비 다 태워먹지 말고요!

준성은 한 번 더 주의를 주고 집을 나섰다. 아버지는 천천히 저녁을 먹으며 텔레비전을 보다가 열 시경엔 잠이 들 것이다.

의정부 먹자골목에서 손님들이 대리기사를 부르는 피크타임은 일곱 시부터 열두 시까지였다. 준성이 대리운전을 시작한 건 1년이 채 되지 않았지만 전에 했던 편의점과 영화관 알바에 비하면 수입이 괜찮은 편이었다. 아버지가 잠드는 밤 시간에 할 수 있다는 것도 더할 수 없는 메리트였다. 운전병으로 군 생활을 한 게 이렇게 도움이 될 줄은 몰랐다. 치매기가 있는 아버지를 돌보고 운동을 시키려면 준성에겐 낮 시간이 절대적으로 필요했다. 미뤄두었던 물리치료사 시험도 준비 중이었다.

의정부역으로 나가는 버스에 올랐을 때 차창으로 빗방울이 떨어져 내렸다. 준성은 서둘러 나오는 바람에 우산을 챙겨 가라는 아버지 말을 깜박했다는 걸 깨달았다. 치매기가 발동해 한 말인 줄 알고 무시했는데 정말로 비가 오고 있었다. 하지만 비가 오다 그치면 가지고 나온 우산도 짐이 되어 웬만한 비는 점퍼에 달린 모자로 해결했다.

의정부 먹자골목에 내리니 빗줄기가 조금씩 굵어지고 있었다. 준성은 콜을 잡을 때까지 24시간 현금인출기가 있는 공간으로 들어가 잠시 비를 피하기로 했다. 준성이 막 유리문을 열고 들어가려는데 유리문 입구에 써 붙인 종이가 준성을 막아섰다. '대리기사분들의 출입을 금합니다.'

준성은 울컥 화가 치밀어 올랐지만 문을 열고 들어갔다. 추레한 행색 때문에 식당주인에게 쫓겨날 때의 기분이 이럴까 싶었다. 아무리 사람들의 출입이 잦은 번화가라 해도 대리기사들만 지칭해 출입을 금하는 건 너무하단 생각이 들었다. 기계를 부숴 현금을 빼 가는 것도 아니고 그저 잠시 추위와 비바람을 피하려는 것뿐인데. 준성은 대리운전 일이 괜찮다 싶다가도 이런 푸대접을 당할 땐 모욕을 당한 것처럼 불쾌했다. '대리기사도 여기서 입출금 합니다!!!' 불쑥 이런 댓글을 달아놓고 싶었다. 유리문 안에는 이미 네 명의 대리기사들이 비를 피해 들어와 있었다. 먼저 들어와 있던 50대 대리기사가 콜을 잡았는지 서둘러 나가는 것이 보였다. 준성도 십 분쯤 대기해 있다 일산으로 가는 콜을 잡고 밖으로 나갔다.

준성이 일본 술집 이자카야 앞에 도착했을 때, 비는 잠시 멎었다. 20대 중반의 젊은 커플이 팔짱을 끼고 검은색 제네시스 앞에 서 있었다. 야구 모자를 깊게 눌러쓴 남자는 옆머리를 밀어 올린 모양이 휴가를 나온 군인처럼 보였다. 젊은 대리기사가 온 것이 불만스러웠는지 준성을 힐끗 보고는 시선을 돌렸다. 그리고 자신의 불만에 동의를 구하려는 듯 옆의 여자친구에게 작은 소리로 물었다. 차 맡겨도 되겠지? 여자가 코웃음 치며 젊은 남자에게 뭐라고 속삭였다. 야구 모자는 못내 내키지 않는 듯 준성에게 자동차 키를 건넸다.
　─조심해 몰아주세요.
　준성은 알겠다는 표시로 깍듯하게 키를 받았다. 커플은 차에 올라타서도 한동안 경계의 눈초리로 준성을 힐끔거렸다. 그러다 오 분쯤 지나 운전이 만족스러웠는지 저들만의 대화로 빠져들었다. 여자는 모기가 앵앵대는 소리를 내며 남자의 팔을 툭툭 쳐댔고 남자는 이유 없이 큰 소리로 자꾸 웃었다. 차 안은 비교적 깨끗한 편이었다. 운전석과 조수석 사이에 졸

음방지용 껌이 한 통 놓여 있고 차 백미러엔 무사운전을 기원하는 염주 팔찌가 걸려 있었다. 준성의 짐작이 맞는다면 이 차의 주인은 50대 중후반의 남자가 분명했다.

준성은 운전에만 집중하려 애썼다. 차주가 50대든 30대든 아버지의 차든 삼촌의 차든 준성과는 상관없는 일이었다. 별의별 손님들 중 하나일 뿐이라고 생각하면 그만이었다. 저녁 일곱 시에서 새벽 한 시까지 준성이 운전해 버는 돈은 5만 원 남짓, 지금은 그 하루의 첫 콜을 모는 중이었다. 간혹 아버지 상태가 좋지 않아 일을 못 하는 날을 빼면 한 달 평균 100만 원 벌기도 빠듯했다. 아버지 국민연금 62만 원과 준성의 벌이를 합치면 극빈자 수준은 면했다 하겠지만 형이 집을 담보로 대출해 간 돈이 3천만 원이었다. 깡통이나 다름없는 집에 살면서 그 이자까지 감당하고 있는데 자식복 운운하는 아버지라니.

빗줄기가 다시 굵어지기 시작했다. 준성은 와이퍼를 작동했다. 뒷자리에선 키스를 하는지 두 사람이 엉겨 있는 모습이 백미러를 통해 얼핏 보였다. 차에서 내리면 우산을 사지 않은 걸 후회할지도 몰랐다. 겨울비는 참 오랜만이라는 생각이 들었다. 준성은 빗방울이 차창 두드리는 소리를 기분 좋게 들으며 조심스럽게 빗길을 달렸다. 내 차라면 아이유의 노래를 들으며 갔으련만.

그때 문득 뒤통수에 뭔가 와 닿는 느낌이 들었다. 고개를 살짝 돌려보니 남자의 두 발이 운전석 등받이에 올려져 있었다. 상체는 여자 쪽으로 비스듬히 기대어 자고 있는 듯했다. 차의 울렁임이 있을 때마다 준성의 어깨와 목덜미에 슬쩍슬쩍 남자의 발이 스치면서 발 냄새가 풍겨왔다. 치미는 화를 삼키려니 냄새가 더 진하게 났다.

하, 이 새끼가. 준성은 저도 모르게 욕이 튀어나왔다. 발 내리시죠. 이거 운전방해죄에 해당하는 거 모르십니까? 준성은 곧바로 말을 내뱉고 싶었지만 손님과 주고받게 될 언쟁이 먼저 떠올랐다.

'피곤해서 발 좀 올려놓겠다는데 그것도 맘대로 못 하나? 내 차에서, 내가, 엉? 당신은 운전이나 똑바로 해!'

빗줄기가 여전히 내리치는 가운데 승용차는 스쿨존을 지나고 있었다. 초등학교 앞을 지나 조금만 더 가면 바로 도착지였지만 준성은 도저히 참을 수가 없었다. 차를 길가 한쪽으로 세우려 주변을 살폈다. 도로가 어둡고 초행길이라 학교 앞 방지 턱을 보지 못해 차가 잠시 쿨럭거렸다. 갑자기 아얏, 하는 짧은 비명이 터져 나왔다. 다리를 운전석에 걸치고 있던 남자의 몸이 앞으로 훅 꺾인 것 같았다. 준성이 놀라 돌아보았을 때 다리는 이미 내려져 있었다. 급히 차를 세웠다.

―아니, 정말, 운전을 어떻게 하는 거야?

야구 모자가 허리를 부여잡으며 소리쳤다.

―아, 죄송합니다. 방지 턱이 있는 걸 모르고, 괜찮으세요?

―아니, 그쪽 눈엔 내가 괜찮아 보여요? 운전 처음 해요? 내 허리 잘못되면 어쩔 거예요?

―어머, 어떡해? 오빠 허리 나간 거 아냐?

여자가 남자의 허리 이곳저곳을 만져대며 호들갑을 떨었다.

―그러게 왜 다리를 운전석에 올려놓고 갑니까? 그거 운전 방해죄에 해당하는 거 몰라요?

―아니, 사람을 다치게 했으면 사과 먼저 해야지 누굴 걸고 넘어져? 운전방해죄?

야구 모자가 화가 단단히 난 얼굴로 소리쳤다.

―뭐야, 누가 누구한테 죄를 지었대? 진짜 기가 막혀서.

여자가 옆에서 종알거렸다.

―다치게 한 건 죄송합니다. 치료비는 보험처리 할게요. 근데, 원인 제공은 손님이 했잖아요.

준성은 화를 누르며 논리적으로 말하려 했다.

―뭐, 원인 제공? 내 차에서 내가 발 좀 올려놓고 가겠다는데 그것도 죄야? 아니, 사과를 해야지, 보험사로 전화만 걸면

단가? 사람이 다쳤는데? 어이가 없네.

—다치게 한 건 죄송하다고 했잖아요.

—죄송? 근데 왜 나한텐 사과로 안 들렸지? 차희야, 넌 사과하는 것처럼 들렸냐?

야구 모자는 허리를 부여잡고 있었지만 소리를 질러댈 땐 허리를 바로 폈다. 좀 놀랐을 뿐 크게 다친 것 같진 않았다. 여자 앞에서 괜한 객기를 부리는 것 같았다.

—사과는 무슨! 무릎 꿇고 빌어도 시원찮을 판에. 아, 진짜 내가 처음부터 별로라고 했잖아. 믿음이 안 간다고.

여자는 팔짱을 끼고 더 화를 돋웠다.

—저는 사고 접수할게요. 꼬우면 경찰 부르시든지.

준성은 더 보고 있을 수 없어 딱딱한 어조로 말했다. 순간 야구 모자의 얼굴이 붉어지며 금방이라도 달려들 듯했다.

그때 야구 모자의 핸드폰이 요란하게 울렸다. 야구 모자는 핸드폰에 뜨는 이름을 보곤 바로 얼굴빛이 굳었다. 여자에게 조용히 하란 뜻으로 입술에 검지를 갖다 댔다. 그러곤 구석으로 돌아 앉아 공손한 목소리로 전화를 받았다. 네, 아버지.

전화기 너머에서 쩌렁쩌렁한 목소리가 터져 나왔다.

—너, 이 새끼, 내 차 끌고 갔지. 당장 안 가져왓!

—넵!

―너 어디얏!

―요 근처…….

―오 분 안에 제자리에 안 갖다놓으면 다리몽둥이 부러질 줄 알앗!

―넵! 오 분 안에 가겠습니닷!

야구 모자는 급히 여자를 구슬려 차에서 내리게 했다. 그러곤 준성과 눈을 맞추지 못하고 급속히 공손해져서 말했다.

―죄송하지만, 좀 빨리 가주실 수 있겠습니까?

군인의 말투였다.

―허리는…….

―아, 괜찮습니다. 그냥 빨리 가주시면.

―최대한 가긴 가는데, 빗길이라.

준성은 한껏 여유를 부리며 조심스럽게 차를 몰았다. 지하 주차장 안으로 들어가 야구 모자가 가리키는 자리에 차를 세웠다. 작달막한 키에 어깨가 넓고 이마가 훤한 중년 남자가 허리에 손을 얹고 기다리고 있었다. 준성은 야구 모자가 공손하게 건네는 3만 원을 받아 들고 차에서 내렸다. 중년 남자가 야구 모자를 야단치며 윽박지르는 소리가 주차장을 빠져나오도록 쩌렁쩌렁 울렸다.

주차장 입구에 서니 빗줄기가 여전히 세차게 내리치고 있었다. 겨울비치곤 제법 많은 양이었다. 준성은 우산도 없이 빗속을 뛰어가려니 망설여졌다. 우산을 가져가라는 아버지 말을 들었어야 했는데. 준성은 귀에 이어폰을 꽂고 점퍼에 달린 모자를 뒤집어썼다. 빗소리를 뚫고 노래가 흘러나왔다. 내가 그때 널 잡았더라면 너와 나 지금보다 행복했을까. 마지막에 널 안아줬다면 어땠을까.

조금 더 기다린다 해도 비가 멎을 것 같지 않았다. 준성은 빗줄기를 바라보다 빗속을 향해 크게 한 발을 내딛었다. 어차피 다른 곳으로 가려면 이 비를 맞아야만 했다. 따뜻한 커피가 그리웠다. 얼마쯤 뛰었을까. 씨유. 저 멀리서 편의점 불빛이 준성을 반기며 반짝이고 있었다.

5

　저녁 아홉 시가 다 된 시각, 명주는 마트에 사람들이 뜸한 시간을 골라 집을 나섰다. 마트에서는 바깥의 물건을 들여놓고 마감을 하고 있을 시간이었다. 명주는 복도를 지나며 문 앞에 켜켜이 쌓아둔 통배추와 플라스틱 김치통, 작은 항아리와 고무 다라이들을 보고 김장철이 왔구나 싶었다. 새벽 기온이 영하로 떨어져 수도계량기에 보온용 테이프를 붙여놓은 집들이 보였다. 청각은 사 왔니? 갈치속젓은? 엄마는 왜 마트에 팔지도 않는 것들을 찾아? 명주는 작년 이맘때 엄마와 하던 입씨름이 떠올랐다. 엄마는 정신이 들 때면 금방이라도 일어나 배추를 절이고 김장을 해 넣을 것처럼 명주를 볶아댔다. 하지만 약을 먹고 한숨 자고 나면 김장에 대해선 까마득히 잊어버렸다. 그러면 명주는 속으로 뇌까렸다. 요즘 누가 김장을 해. 김치는 사 먹는 거야. 명주는 돈으로 할 수 있는 가장 좋은 방법을 알고 있었다. 그런데도 자신은 결혼생활 내내 까다로운 시모와 남편의 입맛을 맞추느라 다섯 종류의 김치(배추김치, 총각김치, 갓김치, 동치미, 깍두기)를 김치 냉장고 세 대에 꽉꽉 채우도록 사 먹자 소리를 한 번도 못 했던 기억이 떠올랐다.

오늘은 조금 색다른 것이 해 먹고 싶어 장바구니에 스파게티 소스와 면, 새우와 오징어를 골라 담았다. 내친김에 포도주도 한 병 집어 들었다. 명주는 마트에 오면 언제나 사고 싶은 것과 살 수 있는 것 사이에서 길을 잃었다. 같은 가격에 20매가 든 치즈와 25매가 든 치즈 사이에서, 국산 유기농 두부와 수입산 콩으로 만든 두부 사이에서 오랫동안 머뭇거렸다. 그러다 마침내 집어 드는 것은 값싼 마가린과 기차처럼 길고 양이 많은 식빵 같은 것들이었다. 이젠 그러지 않아도 되는데 유통기한이 임박한 제품과 홈집 난 과일과 채소들을 모아놓은 매대로 눈길이 가는 건 어쩔 수 없었다. 계산대에 손님들이 길게 늘어서자 마트 점장이 포스 단말기 앞으로 와 계산을 거들었다.

―오늘 뭐 좋은 일 있는가 보네예.

점장은 명주가 올려놓은 물건들의 바코드를 찍으며 사람 좋게 웃었다. 눈이 튀어나오고 볼에 살집이 있어 두꺼비를 연상케 하는 사람이었다.

　—어머님은 건강하시지예?

　명주는 이제 이런 인사도 부담스러웠다. 고개만 끄떡하고 물건을 담아 서둘러 마트를 빠져나왔다. 언젠가 엄마가 옆 동네 아파트에서 길을 잃고 헤매고 있을 때 마침 배달 중이던 마트 점장이 엄마를 발견해 집까지 데려다준 일이 있었다. 그는 치매를 앓다 돌아가신 어머니 생각이 난다며 명주를 볼 때마다 안부를 물어왔다. 하지만 엄마를 떠올리게 하는 사람과는 이제 가능한 한 마주치고 싶지 않았다.

　명주는 스파게티를 만들어 포도주와 먹었다. 포만감과 함께 긴장이 풀어지고 얼굴이 불콰하게 달아올랐다. 오랜만에 입이 호사하는 기분이었다. 그러면서도 머리 한쪽에서는 사라지고 있는 통장의 잔액을 떠올리고 있었다. 명주는 접시를 한쪽으로 치우고 두서없이 빼내 쓰던 생활비 내역을 적어보았다.

100만 원

　−월세 20만 원

　−관리비 8만 원

－공과금, 통신료 9만 원

－식료품비, 잡비 35만 원

＝28만 원

연금 100만 원에서 한 달 생활비를 제하면 28만 원이 남았다. 명주는 몇 번이고 다시 계산을 한 뒤 28만 원에 동그라미를 쳤다. 28만 원은 엄마의 진료비를 내고, 병원 약, 기저귀와 패드, 영양 캔과 속옷 들을 사던 금액이었다. 이젠 그런 지출을 하지 않아도 된다는 뜻이었다. 오로지 자신만을 위한 돈이 손에 쥐여진다는 얘기였다. 생각만 해도 가슴이 뛰었다. 명주는 엄마가 남겨준 풍요와 여유가 도무지 믿기지 않았다.

명주는 퍼뜩 졸업을 앞둔 딸에게 뭐라도 사주고 싶은 생각이 들었다. 좋게 헤어지진 않았지만 너무 늦기 전에 뭐라도 해주고 싶었다. 바닷가를 배경으로 환하게 웃고 있는 은진의 카톡 프로필을 보다 명주는 전화를 걸어달라고 메시지를 남겼다. 지난 5년 은진의 대학 시절 내내, 명주는 생존과 사투를 벌이느라 은진에겐 신경을 써주지 못했다. 은진이 명주와 살다가 아빠 집으로 다시 돌아간 건 어쩌면 잘된 일이었다. 말벗이 없어 적적해하던 시모는 물론 남편도 애살스러운 은진을 마다하지 않았다. 1년 전 재혼한 남편은 은진에게 남동생을 낳아주었다고 했다. 스물세 살 누나에게 두 살짜리 동생이라니. 전화 속 은진의 목소리는 다소 뜨악해 보였지만 새엄마와도 그런대로 잘 지내는 모양이었다.

은진은 카페 창가 쪽에 자리를 잡고 앉아 있었다. 노란색 블라우스와 찰랑이는 긴 머리에서 빛이 발하는 듯했다. 머리 위엔 선글라스를 걸쳐 쓰고 앙증맞게 생긴 미니 백을 탁자 위에 놓아두고 있었다.

―엄마!

오랜만에 들어보는 소리였다. 은진의 입에서 나온 '엄마'라는 말이 생경하면서도 기분을 달뜨게 했다. 은진은 보지 못한 5년 사이 어엿한 숙녀가 되어 있었다. 수년 전 그런 어처구니없는 일을 저지른 아이라고는 믿기지 않을 만큼 상큼한 표정을 짓고 있었다. 명주는 창가 주변을 두리번거리며 분위기를 파악하려 애썼다.

―엄마, 여긴 에그타르트랑 블렌딩 커피가 맛있어. 여기 바리스타가 세계대회 수상자거든.

은진은 맞춤옷을 입고 있는 것처럼 브런치 카페의 풍경과도 잘 어울렸다. 이미 여러 번 왔었는지 직원과도 가볍게 눈

인사를 하며 능숙하게 주문했다. 여기는 뷰가 좋고, 저기는 서비스가, 요리는 어디가 최고라는 유의 말. 그런 건 전남편이 즐겨 쓰던 말이었다. 명주는 거짓말로라도 보고 싶었다는 말을 먼저 듣고 싶었던 터라 조금 섭섭했다. 자신을 떠난 뒤의 첫 대면인데.

―예뻐졌네.

명주는 은진을 보며 말했다.

―정말?

은진은 핸드폰에 얼굴을 비춰 보며 생기 있게 웃었다.

―엄마도 좋아 보이네. 아직도 거기 백화점에 다녀?

―아니.

명주는 백화점 이후 전전했던 보험회사 콜센터와 단체급식 공장을 떠올리며 짧게 대답했다. 은진은 명주가 백화점에 다니다 다른 직장을 찾고 있을 무렵 남편 집으로 들어가 명주가 그 후 얼마나 많은 직장을 전전했는지 모르고 있었다.

―그럼 지금 무슨 일 하는데?

―잠시 쉬고 있어. 찾는 중이야.

―집은? 아직도 거기 반지하 방에 살아?

은진은 호구조사를 나온 조사원처럼 꼬치꼬치 캐물었다. 엄마가 어찌 사는지 궁금하긴 하단 투였다. 그 당시 반지하

방은 은진이 벌인 일을 수습하고 얻을 수 있는 최선의 집이었다. 명주가 이사할 반지하 방을 보여주기 위해 은진을 데려갔을 때 은진은 이런 집에선 도저히 살 수 없다며 그 자리에서 아빠 집으로 가겠다고 말해 명주를 아연케 했다. 은진은 명주가 이혼할 때 위자료도 포기하는 조건으로 데리고 나온 아이였다. 나 이제 고3이잖아. 은진이 아빠에게 가겠다며 둘러댄 구실이었다.

—거기서 좀 살다 다시 옮겼어. 외할머니네로.

반지하 방에서 나와 고시원을 전전하며 살았다는 말은 하고 싶지 않았다.

—외할머니?

은진은 자신에게 그런 친척이 있었냐는 듯 생소한 표정을 지었다.

—헐, 아직도 살아 있다고? 외할머니가? 백 살은 됐겠다!

—너, 말버릇 하곤.

명주는 인상을 쓰며 말했다. 보고 싶지 않던 은진의 숨겨진 본성과 마주한 기분이었다.

—좀 아프셔. 치매도 있고.

은진은 별 재밌는 화제는 아니라는 듯 얼굴을 찡그렸다. 치매가 뭔지나 알까 싶었다. 어릴 때 몇 번 명절에 데려갔지만 중학생이 된 이후로는 공부 핑계를 대며 따라오지 않던 아이였다. 그래도 희미하게 웃는 걸 보니 뭐라도 기억이 있는 모양이었다.

—맞아. 외할머니한테서 이상한 냄새 났었는데.

—냄새?

—응. 그거 있잖아. 파스 냄새 같은 거. 할머니 몸에서 항상 그런 냄새가 났어.

—일을 많이 해서 그렇지. 여기저기 쑤시고 아프니까. 할머니들은 다 그래.

명주는 은진의 기억이 파스 냄새로 그친 것에 안도하며 웃었다.

—아니야. 친할머니는 할머니 냄새 안 나. 향수도 샤넬만 쓰는걸?

은진은 굳이 두 할머니를 비교해 말했다. 시어머니는 모든 일에 사리가 분명하다가도 아들과 관련해서는 앞뒤 재지 않고 아들을 두둔하는 사람이었다. 이혼의 책임을 명주에게 덮어씌우고, 은진을 데려가면 위자료를 한 푼도 줄 수 없다며 빈손으로 나가게 한 장본인이기도 했다. 경제권에 있어서 남편은 허수아비였고 시어머니가 가진 재력의 위상은 실로 컸다.

은진에 대한 기대가 컸던 때문일까. 명주는 은진의 가볍고

성긴 말투가 계속해서 거슬렸다. 하지만 이미 성인이 된 딸에게 이제 와 무얼 할 수 있을까. 명주는 만나러 나온 이유만 생각키로 했다.

—엄마가 너 졸업선물 하나 사주고 싶어서 만나자고 했어.

은진의 얼굴에 바로 화색이 돌았다.

—정말? 나, 사고 싶은 옷 있었는데.

은진은 먹잇감을 노리고 있던 사마귀처럼 명주의 제안을 잽싸게 낚아챘다. 언제 어디서든 누가 제 편인지 어느 쪽에 붙어야 이로운지 직감적으로 알아채는 아이였다. 은진이 채팅방에서 만난 남자와 고1 때부터 2년이 넘게 불미스러운 관계를 맺고 있었다는 걸 알게 된 건 충격 그 자체였다. 백화점 일에 쫓겨 은진이 그런 사고를 치고 다니리라곤 생각도 못 한 때였다. 남자의 아내가 찾아와 사건의 전모를 전할 때조차 명주는 설마 하며 고개를 내저었다.

남자의 아내와 두 번째 만나는 자리에 은진을 데리고 나간 건 오해를 풀기 위해서였다. 분명 착오가 있었을 것이고 대면해서 얘기를 나누다 보면 타협점이 생길 거라고 생각했다. 교양이 있어 보이는 남자의 아내는 은진을 보자 입술을 바르르 떨었다. 어린 학생을 상대로 자신의 분노를 내보이기엔 자존심이 상해 간신히 화를 억누르고 있다는 게 느껴졌다. 명주는 은진이 잘못한 부분이 있으면 사과를 하고 일을 좋게 마무리 짓고 싶었다. 하지만 은진은 얼굴을 빳빳이 들고 따져 물었다.

—아저씨는 왜 안 나온 거야? 내가 아저씨 인생에 최고의 사건이랬으면서?

여자의 눈에서 불이 활활 타올랐다. 명주는 은진을 돌아보며 인상을 썼다.

—왜 그래? 난 잘못한 거 없어. 어차피 경찰에 신고해도 난 미성년자라 처벌도 안 받아.

은진은 팔짱을 끼고 돌아앉았다. 감정을 억누르고 있던 여자가 가방에서 무언가를 꺼내 테이블 위로 던져놓았다. 여러 장의 사진들이 명주의 눈에 들어왔다. 명주는 가만히 사진 몇 장을 들어 올렸다. 추위 속에서 촬영한 듯 솜털이 일어선 유방과 선홍빛 유두, 덜 자란 음모들과 주름진 암적색 음부의 사진들을 보고 있자니 벌어진 입을 다물 수가 없었다. 명주는 발가벗겨진 은진의 몸을 가리기라도 하듯 서둘러 사진을 그러모아 뒤집어놓았다.

—이래도 남편이 먼저 접근했다고 말하진 못하겠지.

여자는 은진을 쏘아보며 나무에 글자를 새겨 넣듯 한 단어 한 단어 힘주어 말했다. 은진이 다리를 꼬며 피식 웃고는 고개를 돌렸다.

─내 앞에서 정중히 사과하고, 그간 너로 인해 입은 정신적 경제적 피해 모두 보상해. 그러지 않으면 네가 일부러 이따위 음란한 사진을 보내 유부남을 유혹하고, 그걸 미끼로 협박하고 돈을 챙긴 사실을 낱낱이 전단지에 적어서 네 학교 앞에 뿌릴 테니까. 이 추한 사진들도.

─뭐야? 이 아줌마? 아저씨가 그러래요? 좋다고 미칠 듯이 덤벼들 땐 언제고, 비겁하네.

─내가 못 할 거 같아? 난 더 잃을 게 없어. 넌 앞으로 살날이 많겠지만.

여자는 독이 오른 표정으로 입술을 씰룩거렸다. 은진이 화가 난 얼굴로 벌떡 일어나 나가자 명주와 여자만 남았다.

여자는 합의금으로 2천만 원을 요구했다. 결코 남편에 대한 애정이 남아 있어서는 아닌 것 같았다. 명주도 법대로 하자며 맞서고 싶었지만 여자는 은진의 앞길에 흠집을 남기는 데 기꺼이 목숨이라도 걸 태세였다. 명주는 백화점 매출 실적을 채우느라 생긴 카드 빚과 사채가 이미 감당하지 못할 지경이었지만 은진이 학교에 얼굴도 못 들고 다니게 할 수는 없었다. 전셋집 보증금을 빼기로 했다.

─인생에 한 번뿐인 졸업식인데. 졸업식도 비대면으로 해

야 할 판이야.

은진의 말에 명주는 현실로 돌아온 듯 고개를 두리번거렸다. 은진은 맘껏 맵시를 뽐내지 못할 졸업식이 불만스러워 투덜거렸다. 명주는 그래도 은진이 무사히 대학생활을 마치고 졸업을 하는구나 싶었다. 내 손길 없이도 아빠와 할머니 곁에서 잘 자랐구나. 안도감과 섭섭함이 한꺼번에 밀려왔다.

두 사람은 손을 잡고 카페를 나와 쇼핑몰의 다른 층으로 향했다. 은진이 예전처럼 명주의 팔짱을 끼었다. 옆구리가 따뜻해져왔다. 예전에 둘이서 쇼핑을 나왔을 때처럼 은진은 기분이 들떠 보였다. 명주는 은진의 좋아하는 표정을 보니 덩달아 기분이 좋으면서도 마음이 복잡해졌다.

—그래, 취업 준비는 잘 하고 있고?

명주는 은진이 2월에 졸업이라는 얘기를 듣고 취업 준비는 잘 되고 있는지 알고 싶었다. 설사 취업이 여의치 않아 고전 중이라 해도 명주는 그러려니 했을 것이다. 그런데 은진은 그 말에 기분이 상한 모양이었다.

—왜 엄마까지 쪼아대고 난리야?

—응?

명주는 은진의 버릇없는 말투가 가슴을 할퀴는 것 같았다.

—가뜩이나 취업 땜에 스트레스 받고 있는데 왜 엄마까지

볶아대냐고!

은진은 팩 토라져 고개를 돌렸다.

―할머니도 아빠도 눈만 뜨면 어서 독립해야지, 독립해야지, 잔소린데.

명주는 한숨이 나왔다. 그냥 물어본 말이었는데 그렇게까지 스트레스를 받고 있을 줄은 몰랐다.

―나, 엄마하고 같이 살면 안 될까?

은진이 갑자기 태도가 돌변해 상냥한 목소리로 물어왔다.

―뭐라고?

―할머니하고 아빠도 그렇지만 그 여자 보기 싫어서. 다들 못난이 짱구만 이쁘다 하고. 외할머니 집 어때? 몇 평이야?

―안 돼.

명주는 단칼에 잘랐다. 너무 모질게 말했나 싶어 은진을 쳐다보았다.

―좁아서, 너무 좁아서 같이 못 살아. 게다가 할머닌 치매 환자고.

―치. 같이 살자 해도 안 살아!

은진이 입술을 삐죽거렸다.

―취직해서 보란 듯이 독립할 테니까 두고 봐.

은진은 화가 난 것 같았다. 저 혼자만 받던 사랑을 어린 남동생에게 빼앗기고 찬밥 신세가 된 기분이란 걸 짐작 못 할 바는 아니었다. 하지만 명주는 그런 오기로라도 은진이 어서 제 힘으로 독립하기를 바랐다. 어차피 새엄마와 어린 남동생이 있는 집에서 오래 살긴 힘들 것 같았다. 명주는 은진이 행여 눈칫밥을 먹는 건 아닌지 걱정이 됐다. 하지만 은진은 뒤끝 없는 아이처럼 표정이 금세 밝아졌다.

은진이 가방을 옆으로 고쳐 메고 매장 안을 제 집 돌듯 빠른 걸음으로 걸어갔다. 그리고 금색 단추가 달린 미색 트위드 재킷에 검은 부츠컷 슬랙스가 세트로 매치된 마네킹 앞에 섰다. 은진은 곧바로 직원에게 마네킹이 입고 있는 옷을 가리키며 사이즈를 골라달라고 말했다. 명주는 30만 원이 훌쩍 넘는 가격표를 보며 가슴이 철렁했지만 대범한 척 어깨를 폈다. 어떻게든 되겠지 싶었다. 명주는 이만한 옷쯤은 별 망설임 없이 사주곤 했던 지난날을 떠올리며 씁쓸하게 웃었다.

명주는 이혼 후 데리고 나온 은진에게 더 세심한 사랑과 관심을 주려 노력했다. 하지만 새로 시작한 백화점 일은 생각보다 힘에 부쳤고 은진은 이상한 방식으로 저만의 허기를 채워갔다. 처음엔 열여섯 사춘기라 그러려니 했지만 고등학생이 되면서부터 씀씀이가 커지고 겁 없이 일을 저지르기 시작했다. 비싼 외국산 브랜드 가방과 신발, 패딩점퍼를 사달라고 졸랐다. 쌍꺼풀 수술을 하고 싶다고, 해외 영어연수를 가고 싶다며 허락도 없이 명주의 카드로 결제를 했다. 날 책임지겠다고 데리고 나왔으면 이 정도는 해줘야 하는 것 아냐? 명주가 야단을 칠 때면 은진은 이렇게 되받아쳤다. 명주가 백화점 판매직원에 불과하다는 건 신경조차 쓰지 않는 것 같았다.

집 근처 골목에서 은진이 초등학생 아이의 돈을 뺏는 걸 우연히 목격한 명주가 바로 경찰서로 가자고 손목을 틀어쥔 적도 있었다. 은진은 별일도 아니라는 듯 짜증을 부리며 소리쳤다. 왜 그래? 장난이잖아. 장난! 엄만 이러고 싶은 적 없었어? 바퀴벌레는 잘도 때려죽이면서. 그러곤 명주의 손을 뿌리치고 도망가버렸다. 명주는 은진이 도대체 왜 그러는지 알 수가 없어 곤혹스러웠다. 앞으로 어떻게 은진을 키워가야 할지 암담하기만 했다.

은진은 생각보다 옷을 잘 소화했다. 출혈이 컸지만 2개월 할부로 결제하면 감당할 수 있을 것 같았다. 은진은 새 옷을 받아 들고 기분이 좋아져 목소리 톤이 한결 부드러워졌다.

—엄마한테 가끔씩 전화해도 되지?

은진은 헤어질 때 명주를 포옹하며 말했다.

—근데 엄마, 이 크록스 샌들은 좀 아니지 않아? 그리고 관

리 좀 해. 몸이 이게 뭐야?

은진이 인상을 쓰며 말했다. 명주는 멀어져가는 은진의 뒷모습을 두려움을 안고 바라보았다. 은진이 걸어가다 돌아서 손을 크게 흔들어주었다. 명주는 해야 할 숙제를 한 것 같아 홀가분했지만 마음 한구석이 서늘해지는 건 어쩔 수 없었다.

집에 오니 문고리에 쇼핑백 하나가 걸려 있었다. 누군가 문고리에 홍시가 든 종이가방을 걸어두고 갔다. 남자 주먹만큼 크고 색깔도 고운 선홍빛 홍시였다. 명주는 고개를 두리번거리며 홍시의 주인을 찾았다. 그러다 복도 난간 너머로 택시 한 대가 스르륵 빠져나가는 것을 보았다. 진천할아버지가 다녀간 걸까?

명주는 선홍빛 홍시를 들여다보며 마음이 무거웠다. 지난번 진천할아버지가 다녀간 이래 명주는 가끔씩 엄마의 핸드폰을 챙겨 보았다. 핸드폰 요금 안내와 광고성 문자 사이로 진천할아버지의 문자가 드문드문 보였다. 진천할아버지는 답장도 없는 엄마를 향해 지치지도 않고 안부 문자를 보내오고 있었다.

홍시를 챙겨 들고 들어가려는데 복도 끝에서 누군가 힘겹게 걸어오는 것이 보였다. 금방이라도 쓰러질 듯 걸음걸이가 위태로웠지만 묘하게 균형을 유지하며 걸어오고 있었다. 작고 마른 노인의 한 손엔 검은 비닐봉지가, 다른 한 손엔 지팡이가 들려 있었다. 한 걸음씩 걸어올 때마다 축 처진 비닐봉지가 덜렁덜렁 흔들거렸다. 가까이 와서야 명주는 그가 702호 노인이라는 걸 알았다. 아들은 옆에 없었다.

명주는 고개를 꾸벅했다. 노인이 혼자서도 외출이 가능한 줄은 미처 몰랐다. 노인은 명주를 만난 것이 달갑지 않은 듯 시선을 피했다. 명주처럼 사람들을 좋아하지 않거나 수줍음이 많은 사람 같았다. 얼굴이 누렇게 뜬 노인은 문 앞에서 발을 주춤거렸다. 지팡이와 비닐봉지를 한 손에 모아 잡고 다른 손으로 구멍에 열쇠를 집어넣으려 했다. 손을 떨며 열쇠를 쉬이 꽂지 못했다.

―제가 도와드릴까요?

명주가 물었다.

노인은 대꾸도 없이 열쇠를 구멍에 찔러 넣었다. 화가 난 듯 얼굴을 붉히며 계속 열쇠를 꽂아 넣다 그만 열쇠를 놓치고 말았다.

명주가 얼른 다가가 열쇠를 주웠다. 이미 술을 한잔했는지 술 냄새가 훅 끼쳐왔다. 노인이 들고 있는 봉지 사이로 소주병이 보였다. 명주는 문을 따고 노인에게 열쇠를 돌려주었다. 한

마디를 덧붙이려다 참견할 일이 아닌 것 같아 그만두었다. 노인은 열쇠를 받아 들고 가타부타 말도 없이 안으로 들어갔다.

노인은 아들이 없는 틈을 타 외출 한 게 분명했다. 이번이 처음은 아닌 듯했다. 아버지가 몰래 술을 사 와 마신다는 사실을 알면 아들은 어떤 표정을 지을까. 말을 많이 나눠보진 않았지만 702호는 매사가 계획적이고 성실한 청년 같았다. 은진보다 많아야 한두 살 위일 듯한데 그 나이에 아버지를 간병하며 살림까지 하고 있다는 게 믿어지지 않았다. 단정한 말투와 행동이 답답해 보이기도 했지만 그런 성실한 사람이 세상에 꽤 드물다는 걸 명주는 살면서 깨달았다. 아들은 아버지를 운동시키려 매일 그렇게 열심인데 노인은 그런 아들의 마음 따위 헤아리지 않는 듯했다. 마음이야 백번 헤아린다 해도 술에 관한 한 제어가 안 되는 것이겠지. 그러니 사람은 잘 바뀌지 않는다는 말이 맞을지도 몰랐다. 아버지 역시 그랬으니까. 명주는 모두 그렇게 제 위의 하늘만 보고 사는 것 같다는 생각이 들었다.

아버지는 65세 생신을 2개월 앞두고 심근경색으로 돌아가셨다. 담배는 입에도 대지 않고 매일 새벽 동네 뒷산에서 운동을 해왔는데도. 돈이 돈을 버는 세상에 티끌 모아 태산이라는 말을 종교처럼 믿고 살았던 아버지였다. 휴지는 두 칸씩 사용, 샤워는 십 분 안에, 반찬은 세 가지를 넘지 않게 하라는 잔소리를 입에 달고 살았어도 부자가 되지는 못했다. 자린고비에 수전노처럼 아끼고 모아온 돈을 아버지는 뜬금없이 친구의 탄광 사업에 투자해 전 재산을 잃었다. 명주는 다니던 대학을 그만두어야만 했고 관절염으로 일을 쉬었던 엄마는 다시 일을 나가야만 했다. 남동생이 대학 입학을 앞두고 피자집 알바를 하다 오토바이 사고로 죽은 것도 그 즈음이었다. 명주가 씀씀이 좋고 먹고 쓰는 데 인색하지 않은 남자를 선택한 건 그런 아버지에 대한 반발 때문이기도 했다. 하지만 나쁘기만 한 인생은 없는 것 같았다. 자린고비 아버지가 살아생전 열심히 부은 연금으로 엄마가 살았고 지금은 명주가 살고 있으니.

명주는 집으로 들어와 서둘러 옷을 갈아입었다. 들고 들어온 홍시를 보니 또 마음이 편치 않았다. 가방에서 엄마의 핸드폰을 꺼내 보았다. 아니나 다를까. 진천할아버지에게서 부재중 전화 두 통과 문자가 와 있었다.

홍시 놓고 갑니다. 딸이 전해줄 거요. 얼른 쾌차하시오.

명주는 한참을 들여다보다 생각했다. 어쩌다 한 번쯤은 답

장을 보내는 게 엄마에 대한 의심을 덜어내지 않을까. 명주는
오래 망설이다 엄마인 것처럼 답장을 보냈다.

고마워요.

그러자 할아버지가 기다렸다는 듯 붉은 장미 꽃다발 사진
을 보내왔다. 명주는 핸드폰을 물끄러미 내려다보다 불쑥 작
은방으로 들어갔다. 나무관을 열고 핸드폰을 들어 보이며 말
했다. 엄마, 진천할아버지가 보내온 장미, 보여? 명주는 엄마
가 사진을 바라볼 수 있도록 핸드폰을 나무관 끝에 놓아두었
다. 그리고 벽에 기대앉으려다 멈칫했다. 작은방에 들어서면
언제나 맡아지던 상쾌한 편백나무 향 사이로 익숙하지 않은
냄새가 희미하게 섞여 있었다. 명주는 방 안을 둘러보고 다시
한번 주의 깊게 냄새를 맡아보았다. 부패가 시작되고 있는 걸
까? 명주의 얼굴 위로 새로운 근심 하나가 솟아올랐다.

6

준성은 아버지를 운동시키고 들어와 배추를 절이기 시작했다. 어영부영하다 김장이 늦어졌다. 늦어도 매년 12월 초에 담그던 김장을 2주나 넘긴 셈이었다. 오늘은 날씨가 그다지 춥지 않은데도 아버지는 운동을 힘들어했다. 공원 트랙을 다섯 바퀴 도는데 평소보다 두 번이나 더 앉아 쉬었다. 뇌졸중 후유증이 있다 해도 이제 겨우 64세인데, 준성은 아버지 기력이 날로 쇠약해지는 것 같아 걱정이었다. 의사는 아버지가 이만큼 움직이는 것만도 기적이라며 현상 유지가 최선이라고 했지만 준성의 생각은 달랐다. 움직이는 한, 몸은 반드시 그 답을 줄 거라고 믿었다. 의사들은 항상 최악의 경우를 말하는 법이니까.

아버지는 집에 들어서자마자 텔레비전을 켰다. 즐겨 보는 트로트 방송이었다. 준성은 귀가 테러를 당할지언정 트로트가 있어 아버지가 그대로 이부자리에 눕지 않는 걸 다행으로 여겼다. 엄마는 아버지가 수줍음이 많아 사람을 꺼리긴 해도 정이 깊은 사람이라며 잘 대해드리라 했다. 하지만 가끔은 아버지 마음속을 알 수 없어 답답하기도 했다. 엄마여서 감당할 수 있는 몫을 준성이 얼떨결에 떠안은 기분이었다. 가끔은 엄마가 살아 계셨더라면 아버지가 술도 많이 마시지 않고, 뇌졸중으로 쓰러지지도 않고, 이렇게 텔레비전을 벗 삼아 온종일 시간을 보내지 않아도 됐을 텐데, 부질없는 생각을 해보기도 했다.

준성은 복도로 내갈 것들을 챙겼다. 고무통과 칼, 소금과 바가지 같은 것들이었다. 2년 전까진 옆집 할머니와 김장도 같이 하고 나눠 먹기도 했는데 혼자서 하는 김장은 뭔가 흥이 나지 않았다. 그때가 그리웠다. 할머니는 손이 커서 뭘 주어도 푸짐했다. 준성은 유튜브만 믿고 처음으로 김장을 시도했던 때 생각이 났다. 이사 온 할머니는 지나가다 보고 답답했던지 준성에게 비키라 하고는 순식간에 배추를 절이고 속을 버무렸다. 그러곤 주머니에서 2만 원을 꺼내 주며 돼지고기를 사 오라고 시켰다. 김장할 땐 수육을 해 먹는 거라며 한쪽에선 배춧속을 채우고, 한쪽에선 고기를 삶았다.

일을 다녀온 아버지가 놀라 주춤거리다 인사를 했다. 그날 저녁 두 분은 막걸리에 수육과 배추김치를 안주 삼아 웃고 떠들며 이웃이 되었다. 할머니의 화통한 웃음소리가 집 안을 쾅쾅 울릴 때 준성은 엄마가 돌아가신 이후 처음으로 집 안에 온기가 도는 것을 느꼈다. 할머니는 아버지보다 열 살이나 나이가 많기도 했지만 사람을 확 끌어당겨 품어주는 면이 있었다. 말이 없고 낯을 심하게 가리는 아버지도 무장해제 할 만큼. 아버지가 할머니를 누님이라고 부르는 데까지는 만나서 한 시간도 걸리지 않았다. 준성은 가끔씩 주변의 노인들을 볼 때면 부쩍 할머니 생각이 났다. 노인은 많지만 누구나 품이 넓고 그리울 만한 사람인 건 아니었다.

준성은 복도에 신문지를 깔고 큰 고무통을 세워둔 다음, 배추를 망에서 꺼내 들었다. 이어폰을 꽂고 플레이리스트에 있는 음악을 재생시켰다. 칼로 반만 자르고 나머지는 손으로 쫙쫙 갈라. 그래야 배추가 숨 쉴 틈이 생기는 겨. 양념도 들어가고. 준성은 이어폰에서 흘러나오는 노래를 흥얼대며 할머니에게 배운 대로 따라 했다. 사람도 너무 빡빡하믄 매력 없잖여. 준성은 반씩 가른 배추에 소금을 뿌리고 고무통에 켜켜이 쌓았다. 배추를 절인 후, 안에 있는 쪽파와 무를 가지고 나왔

다. 다시 칼을 잡고 쪽파를 다듬으려는데 웬 여자가 701호 창
문 안을 들여다보고 있었다. 희뿌연 불투명 창이라 보일 것이
없을 텐데도 두 손을 눈가에 대고 안을 살피느라 열심이었다.

—누구세요?

준성은 부엌칼을 손에 들고 엉거주춤한 자세로 물었다. 여
자가 준성을 흘끔 돌아보았다. 노랗게 염색한 긴 머리, 하얀
롱패딩에 검은 부츠를 신은 스물서넛의 젊은 여자였다.

—여기 누가 살아요?

롱패딩이 대뜸 물었다.

—네? 질문이 뭐 그래요? 누굴 찾아온 거면 그쪽에서 먼저
이름을 대고 물어야 하는 거 아녜요?

준성은 말하면서 피식 웃고 말았다.

—쳇, 뭐래?

롱패딩이 입술을 삐쭉거렸다. 준성은 롱패딩이 질문하는
태도에서부터 예의가 없다는 생각이 들었다.

—혹시, 공명주 씨라고, 사십 후반, 아니구나. 오십쯤 된 여
자가 여기 살지 않아요?

롱패딩이 돌아가려다 멈춰서 물었다. 공명주? 준성은 이름
을 듣는 순간, 어느 먼 옛날, 나라를 구한 장군의 이름 같단 생
각이 들었다. 옆집 아줌마 이름이 공명주일까 생각하다 고개

를 저었다. 설사 이름을 알고 있다 해도 말해주고 싶지 않았다. 직감적으로 롱패딩이 좋은 일로 찾아온 건 아닌 것 같아서였다.

─아니요. 못 봤는데요. 아픈 할머니 한 분이 살고 계신 건 확실하지만.

─그러니까, 아픈 할머니하고 그 딸이 같이 살고 있지 않냐고요?

─아니요. 모르겠는데요.

─뭐야? 아니라는 거야, 모른다는 거야? 재수 없어.

롱패딩은 성질을 부리듯 혼잣말을 내뱉고는 횡하니 복도를 지나갔다. 저 버릇없는 말투와 표정이라니. 성질이 되바라지고 안하무인인 것처럼 보였다. 준성은 롱패딩의 뒷모습을 째려보다 이어폰을 다시 끼고 재생 버튼을 눌렀다.

노래가 다시 플레이 되고 있었다. 준성은 저런 여자 따윈 다시는 보지 않길 바라며 소금 한 주먹을 집어 패대기치듯 배추 위로 흩뿌렸다. 그러다 문득 사라진 롱패딩의 눈매가 옆집 여자와 닮은 것도 같다는 생각이 들었다. 혹시…… 딸? 준성은 고개를 갸웃거리다 이내 세차게 내저었다.

준성은 배춧속을 버무려놓고 아버지와 점심을 먹었다. 미

리 삶아놓은 수육에 절인 배추와 속을 상에 올리니 진수성찬
이었다.

—여기 소주 한 병만 있으면 딱인데 그쵸, 아버지?

준성은 아버지가 할 농담을 앞질러 하며 웃었다. 그런데 아
버지 표정이 어두웠다.

—왜 하필 오늘 김장을 하냐? 병원 가는 날인데.

아버지가 뜬금없이 물었다.

—네?

—너 이 아버지가 치매기가 있다고 병원 가는 날도 까먹은
줄 알아? 오늘 가서 약 받아 와야지, 다음 주에 가면 약이 다
떨어져서 안 돼!

아버지는 안달이 난 표정으로 말했다.

—의사 선생님이 휴가라고 한 주 미룬 거 기억 안 나요? 아
버지가 달력에 표시까지 해놨잖아요. 제 말 못 믿겠으면 약
남은 거 세어보세요. 일주일 치 남았나 안 남았나.

아버지는 못 미더운 듯 약 바구니를 끌어당겨 남은 약을 셌
다. 그러곤 바로 입을 다물었다. 괜한 고집을 부린 게 미안했
던지 점심을 먹는 둥 마는 둥 하고, 좋아하는 텔레비전도 안
보고 곧바로 이부자리에 누웠다. 준성은 아버지가 가끔씩 깜
박하는 건 이해해도 사소한 일에 위축되어 소심해지는 건 신

경이 쓰였다.

—아버지. 사랑의 콜센터 하는데, 안 봐요?

준성은 텔레비전에 나오는 가수들을 보며 말했다. 돌아누워 있던 아버지가 고개를 돌리더니 슬며시 일어나 앉았다. 얼굴 어딘가에 아직도 납득하지 못한 표정이 남아 있었다.

—약은 항상 여유 있게 줬어. 내가 약 먹는 걸 가끔 까먹기도 하고. 근데, 병원 가는 날을 건너뛰면 어쩌냐?

—아유, 진짜. 지금 당장 전화 걸어요? 간호사 바꿔서 확인해줘요?

—이미 진료시간 다 끝난걸 뭘.

—아버지! 제발 좀! 다음 주라니까요!

준성이 소리쳤다. 아버지는 그래도 골이 난 사람처럼 입을 굳게 다문 채 텔레비전을 보았다. 눈은 텔레비전을 향하고 있지만 실은 노여워만 하고 있었다. 준성은 속에서 열불이 나 마음 같아선 아버지 머리를 한 대 쥐어박고 싶었다. 아무리 알코올성 치매의 한 증상이라고 하지만 이해가 되지 않았다. 화가 부글부글 끓어오르고 도저히 참을 수 없어 수저를 놓고 밖으로 나갔다.

준성은 이어폰을 꽂고 귀청이 떨어져라 볼륨을 키웠다. 그리고 몇 시간 전 절여놓은 배추를 패대기치듯 뒤집기 시작했

다. 한쪽 고무통의 절여진 배추를 다른 고무통으로 다 옮겨
담았을 즈음 사방으로 튀어 올랐던 화도 조금은 수그러들었
다. 준성은 언젠가 그랬던 것처럼 아버지를 패게 될까 봐 주
먹을 간신히 억눌러야 했다. 아버지를 팬다는 건 상상만으로
도 괴로운 일이었다.

준성은 아버지와 같이 일을 다니던 반장 아저씨가 전화를
걸어와 술집 앞으로 달려갔을 때의 일이 떠올랐다. 아버지는
술에 취해 몸을 가누지 못하고 있었다.

―그만 마시랬잖아, 아버지. 왜 자꾸 마셔? 왜 자꾸 마시냐고!

―너도 니 어미 닮았냐? 이 잔소리쟁이야. 흐흐흐.

아버지는 일어서려다 바닥으로 주저앉으며 실실 웃어댔다.

―집에 가자. 아버지.

―너도 내가 부끄럽냐? 부끄러워? 말해봐. 자식아.

―그만해. 아버지. 어서 집에 가자니까.

아버지를 부축해 집으로 오면서 준성은 아버지가 부끄러웠
다. 술에 취한 아버지는 준성의 어깨에 매달려 끌리다시피 걷
고 있었지만 발에 힘이 없어 자꾸 바닥으로 미끄러졌다. 준성
은 그런 아버지를 끌고 오다 몇 번이고 땅에 놓쳤다. 아버지
는 필름이 끊긴 채로 계속 헛소리를 해댔다.

―니 형은 어디 갔니? 왜 잘난 니 형은 안 나오고 맨날 너

만. 니 형 오라 그래!

겉옷은 어디다 잃어버렸는지 보이지 않고 이마와 손바닥은 여기저기 까여 있었다. 아버지를 어깨에 둘러메고 어두운 골목을 지나오면서 준성은 몇 번이고 이대로 저 시멘트 벽에 아버지의 머리를 박아 짓이기는 상상을 했다. 머리에 피가 흐르는 아버지를 다시 일으켜 세워 주먹으로 턱을 갈기고, 쓰러진 아버지의 배를 발로 차 완전히 숨통을 끊어버리는 상상을 하고 있었다. 아버지는 그렇게 맞은 후에야 주정하기를 멈췄다. 비록 상상이긴 했지만 그러고 나면 속이 후련했다. 하지만 그런 상상을 한 날이면 준성은 죄책감에 사로잡혀 며칠이고 아버지의 눈을 똑바로 쳐다볼 수 없었다. 준성은 머릿속에서 그때 생각을 몰아내려 고개를 세차게 흔들었다.

복도 끝에서 701호 여자가 걸어오는 것이 보였다. 다리를 절며 얼굴을 찌푸리는 것이 몹시 피곤해 보였다.

—어디 다녀오세요?

준성이 물었다.

—김장하나 보네.

701호 여자가 걸음을 멈추고 절인 배추를 내려다보았다.

—네. 좀 늦었어요.

—사 먹지, 힘들게.

—저희가 김치를 많이 먹어서요.

준성은 부끄러운 듯 말했다.

—사 먹는 건 감당이 안 돼요. 아버지 연금도 많지 않고 저
도 버는 게 불규칙해서요.

준성은 묻지도 않은 말을 해놓곤 바로 후회했다. 마치 아버
지를 깎아내려 자신의 처지에 동정심을 불러일으키려 한 말
같았다. 방금 전 상상에 대한 수치심을 감추려 불필요한 말을
마구 지껄인 기분이었다. 곧바로 들어갈 줄 알았던 옆집 여자
가 웬일로 그 자리에서 배추가 든 고무통을 들여다보았다.

—몇 포기나 해요?

—열두 포기밖에 안 돼요.

—절인 배추 사서 하면 수월할 텐데…….

701호 여자가 물끄러미 절인 배추들을 내려다보며 잦아드
는 목소리로 말했다. 다른 때라면 쌩하니 들어갔을 여자가 자
꾸 말을 하고 있었다. 쌀쌀맞고 신경질적이라 말 붙이기조차
어려웠는데 오늘은 뭔가 다른 것 같았다.

—할머니한테 배운 거예요.

—네?

절인 배추를 보고 있던 여자가 잠에서 깬 듯 고개를 들어
올렸다.

—전에 혼자서 김장한다고 끙끙대는데 할머니가 보시곤 갑갑했는지 후다닥 해주셨어요. 아프시기 전까지 매년 같이 김장하면서 많이 배웠어요.

준성의 말에 여자는 잠시 의아한 표정을 지었다. 그러곤 다시 예전의 무표정한 얼굴로 돌아갔다.

—제 김치 한번 맛보실래요? 다 만들면 조금 드릴게요. 맛은 보장 못 하지만.

준성은 살짝 얼굴을 붉히며 수줍게 말했다.

—아녜요. 김치 많아요.

여자는 먹는 것에 별 관심이 없는 눈빛으로 고개를 저었다. 그리고 바닥에 깔린 신문지를 밟지 않도록 조심스레 발을 떼며 지나갔다.

—저, 할머니는 좀 어떠세요?

—뭐, 비슷비슷해요.

여자는 열쇠를 꺼내 들며 말했다.

준성은 할머니에게 필요한 운동요법에 대해 가르쳐주고 싶었지만 여자는 그러고 싶은 얼굴이 아니었다. 준성은 사실 할머니의 근황을 듣고 싶었다. 아니, 이왕이면 직접 가서 보고 팔다리 운동도 시켜드리고 얘기도 나누고 싶었다. 언제부턴가 할머니의 말소리가 들리지 않았다. 목소리가 컸던 할머니가 소리를 지르면 항상 벽 너머로도 소리가 들려오곤 했는데 요즘 옆집은 이상하리만치 고요했다. 저 안에 과연 할머니가 계시는지조차 의심스러웠다. 여자가 열쇠로 문을 여는 순간 준성은 조금 전 다녀간 젊은 여자가 떠올랐다.

—참! 아까 어떤 여자가 701호에 찾아왔던데요?

—누가?

—공명주란 분을 찾던데요? 할머니랑 같이 살고 있지 않냐 면서요.

준성은 순간 여자의 얼굴이 긴장하는 것을 보았다.

—모른다고 했어요. 아픈 할머니가 사시는 건 맞지만 제가 성함도 모르고 해서.

여자는 잠시 안도하는 듯하다 고민에 빠진 표정을 지었다.

—혹시, 동사무소에서 나왔다고 하던가요?

—아니요. 공무원은 아닌 것 같았어요. 염색한 노랑머리에 롱패딩을 입은 젊은 여자였어요.

여자는 굳어진 얼굴로 기억을 더듬는 표정이었다.

—예의가 좀 없더라고요.

—네?

—아니, 누굴 찾아왔으면 여기 이런저런 사람이 사느냐 먼저 물어야 되잖아요. 밑도 끝도 없이 그냥 여기 누가 사네요, 흐.

―그래서 뭐라고 했어요?

여자가 조심스럽게 물었다.

―아픈 할머니 한 분이 사는 건 맞지만 그런 여자분은 모른다고 했어요. 아니, 안 산다고 했어요.

여자의 얼굴에 안도의 빛이 어리는 게 보였다. 여자는 잠시 생각에 잠기는 듯하더니 가타부타 말도 없이 집 안으로 들어가 버렸다.

준성은 빈말로라도 고맙단 말을 기대했던지 바람맞은 사람처럼 허탈하기까지 했다. 그러자 701호 여자도 젊은 여자와 비슷하단 생각이 들었다. 닮은 듯 닮지 않은 둘의 관계가 의심스럽기도 했다. 모녀지간인지 아닌지도 확실치 않았다. 그러고 보니 할머니와 여자도 모녀지간이라고 하기엔 닮은 구석이 별로 없었다.

―준성아, 그래도 병원에 전화 넣어봐라!

아버지가 안에서 소리쳤다. 준성은 머리를 흔들며 고무장갑 낀 주먹을 절인 배추 위로 힘껏 내리쳤다.

7

작은방을 청소하고 구석구석 소독약을 뿌렸는데도 퀴퀴한 냄새가 가시지 않았다. 명주는 702호가 저녁 시간에는 집을 비우는 것 같아 잠시 에어컨을 돌려보았지만 그때뿐이었다. 명주는 바로 인터넷을 검색해 강력한 탈취제를 주문했다. 한 편, 머릿속에서는 집을 찾아왔다던 젊은 여자에 대한 궁금증이 떠나지 않았다. 얼핏 들으면 은진이 같기도 했다. 하지만 겨우 한 번 만났을 뿐이고 주소도 모르는데 불쑥 찾아올 리는 없었다. 동사무소 직원이거나 사회복지사라 해도 전화도 없이 집을 방문할 것 같진 않았다. 작은방 청소를 마치고 쉬려는데 핸드폰에서 진동 소리가 불규칙하게 울려댔다. 궁금증이 일면서도 선뜻 들여다볼 용기가 나지 않았다. 멀찍이 바라보기만 하다 핸드폰을 집어 들었다.

자동차공장 급식 조리원으로 일할 때의 동료들이었다. 오랜만에 한번 모이자는 대화가 단톡방에서 오가고 있었다. 친숙한 이름들을 보자 입가에 미소가 지어졌다. 조리원 일은 엄마 집으로 들어오기 전 1년 넘게 했던 일이었다. 야간 조와 주간 조 2교대 근무가 3개월에 한 번씩 바뀌어 적응하기 힘들었지만 백화점이나 보험사 콜센터처럼 고객 응대에 감정을 소비하는 일이 아니어서 버틸 만했다. 연락이 끊긴 지 꽤 오래였지만 동료들과는 몸을 써 일하는 사람들 사이의 끈끈한 정 같은 것이 있었다. 모두들 명주의 근황을 궁금해하고 있었다. 반장이 약속 장소에 링크를 걸어 올려놓았다.

명주는 반가운 마음에 불쑥 가겠다고 답을 달았다. 보고 싶었다는 답이 줄줄이 날아들었다. 명주는 모처럼의 환대에 마음이 들떴다. 엄마와 사는 동안에 모임이라곤 나가본 적이 없었다. 어쩌다 어렵게 약속을 정해도 번번이 나갈 수 없는 이유들이 생기곤 했다. 잠시나마 집 안을 벗어나고 싶었다. 다른 사람들은 어떻게 살고 있는지, 치료니 간병이니 하는 말들이 섞이지 않은 대화다운 대화를 하고 싶었다. 그런데 막상 나가려니 가슴이 불안하고 떨려왔다. 취소를 하려니 그게 더 마음에 걸렸다. 서랍을 열어 신경안정제를 찾았지만 보이지 않았다. 엄마가 먹던 감기약 시럽을 꺼내 꿀떡꿀떡 몇 모금 마셨다. 감기약 시럽에도 진정 효과가 있다고 들어서인지 마음이 한결 안정되는 기분이었다.

저녁 무렵, 약속 장소에 모인 동료들은 모두 네 명이었다. 이제는 모두 사오십 대가 되었고 모임을 주도한 반장은 예순 살이 됐다고 했다. 그들은 명주가 발에 화상을 입어 회사를 상대로 손해배상을 청구할 때 힘을 보태준 이들이었다. 점심 식사 후 마무리 정리가 한창이던 주방에서 펄펄 끓는 물솥이 바닥으로 쏟아지는 바람에 일어난 사고였다. 물솥 근처에서 작업하던 명주가 제일 큰 화를 입었다. 오랜 시간 장화를 신고 있어 습진이 있던 발에 장화가 녹아 달라붙어 화상은 좀처럼 낫지 않았다. 피부가 아문 뒤에도 바닥을 디딜 때마다 당기고 바늘에 찔리는 것 같은 통증이 계속됐다. 명주는 원인을 찾기 위해 큰 도시의 대학 병원들과 명의라고 하는 이들을 찾아다녔지만 원인을 찾을 수 없었다. 회사에서 대준 치료비와 위로금은 큰불을 끄는 정도에 지나지 않았다. 명주는 이 병원 저 병원을 전전하다 그동안 모아놓은 돈도 다 써버리고 오래 서 있는 것조차 힘든 몸이 되어버렸다. 동료들은 명주를 안타까워하며 뭐라도 보탬이 되고자 동분서주했지만, 명주는 결국 회사로 돌아가지 못했다. 이런 몸으로 다른 직장을 찾는 것 또한 불가능했다.

명주는 만 원이라도 싼 고시원을 찾아 방을 옮겨 다녔다. 기초수급자 신청을 해보려 했지만 원인불명의 통증으로는 의사로부터 '근로능력불가'라는 평가를 받기가 어려웠다. 가난을 증명하는 것도 어렵고 수치스러운데, 몸이 아프다는 걸 증명하는 건 더 복잡하고 굴욕적이었다. 고시원 방세가 밀리기 시작했고 급한 약값을 벌기 위해 생동성 알바 자리를 눈여겨보기도 했다.

―자, 한 잔 더, 한 잔 더!

누군가 명주의 잔에 술을 따라주었다. 명주는 일하고 있는 활기찬 동료들의 모습을 보니 자신만 늙어버린 것 같은 기분이 들었다. 다 고만고만한 위치에서 아슬아슬하게 산다고 생각했는데 자신만 깊은 나락으로 빠져버린 느낌이었다.

―왜 이렇게 오래 잠수 탄 거야? 다들 얼마나 궁금해했다고.

반장이 명주의 얼굴빛을 살피며 물었다.

―다리는 좀 어때? 좋아졌어?

―뭐, 아직, 그냥 참다 버티다 그래요.

명주는 맥주를 두 잔 정도 마신 뒤라 몸이 미역줄기처럼 흐느적거렸다. 그래서인지 엄마의 간병을 맡고 있다는 말도 아무렇지 않게 할 수 있었다.

―명주 씨 효녀네.

누군가 안쓰러운 목소리로 말했다.

―효녀는요, 무슨. 저밖에 없으니까 하는 거죠. 효녀, 효자
여서 간병하는 사람이 몇이나 되겠어요.

명주가 희미하게 웃으며 말했다. 집으로 돌아가면 정말로
아픈 엄마가 방에 누워 기다리고 있을 것만 같았다.

―가족이 여럿 있으면 그나마 나을 텐데…….

누군가 말했다.

명주는 얼핏 열아홉 살에 죽은 남동생이 떠올랐지만 고개
를 저으며 힘없이 웃었다. 인생에 가정이 있었던가? 설사 남
동생이 살아 있었다 해도 간병은 자신의 몫일 확률이 컸다.
변변한 직업도 없고 때울 것이라고는 몸밖에 없는 자신이.

―우리 형제들은 요양병원에 모셨어. 매달 돈 걷어 병원비
내고 시간표 짜서 주말마다 들르고. 간병이란 게 그렇잖아.
해도 해도 티도 안 나고. 누가 혼자 독박 쓰다간 화병 나고 말
지. 화병뿐이야? 집안이 다 작살나는데. 그래서 우린 딱 엔분
의 일로 해.

예순 살 반장이 똑 부러지게 말했다. 명주는 협동이 잘되는
반장 형제들이 부러웠다.

―말이 그렇지. 그렇게 할 수 있는 집이 몇이나 되겠어요. 다 자기들 먹고살기 힘들다고 부모고 형제고 외면하는 세상에.

―맞아. 병원비는 별도로 하고 하루 간병인 쓰는 것만도 10만 원, 11만 원 하는데, 거기에 기저귀값 삼사십 들지, 잘 봐달라고 간병인한테 몇만 원씩 찔러줘야지. 웬만한 벌이로는 요양병원도 못 보내요.

동료들은 주위에서 보고 듣고 겪은 일들을 하나씩 주워섬겼다.

―오래 사는 게 죄야, 죄. 질긴 목숨 내 맘대로 할 수도 없고.

―그래서 안락사가 빨리 시행돼야 된다니까.

―우리나라도 공공의료병원에서 간호간병까지 해주는 제도가 빨리 생겼으면 좋겠어. 외국에서는 그렇게 하나 보던데. 지금처럼 가족들이 간병을 책임지다간 남아나는 가정이 몇이나 되겠어?

반장이 열변을 토하듯 말했다.

―그래도 난 안락사는 반대예요. 아무리 벽에 똥오줌 칠할 때까지 사는 게 욕이라지만 식구 중에 누가 안락사 하면 오래오래 힘들 것 같아요. 엄마가 내 앞에서 그렇게 간다면…….

가장 젊은 40대 동료가 머리를 흔들며 말했다. 그러자 갑자기 식당 안 공기가 숙연해졌다. 명주도 만약 엄마가 안락사로 눈을 감았다면 지금 자신은 어떻게 살고 있을지 궁금했다.

명주는 술기운이 오르자 자꾸만 눈꺼풀이 감겨왔다. 동료들의 말이 들쑥날쑥 들려왔다. 눈이 무거워지는 데다 발바닥 통증이 몰려와 대화에 집중하고 있기가 힘들었다.

―참, 남편분은 어떻게 됐어요? 눈길에 오토바이 사고 났다면서요. 병문안도 못 가보고 미안해요.

제일 젊은 동료가 다른 40대 동료에게 말했다.

―한 달 정도 깁스하고 쉬어야 한대. 그나마 다리만 부러져 불행 중 다행이라고 의사 선생님도 그래. 내가 이참에 그놈의 집배원 일 그만두라니까 뭐라는 줄 알아? 나이 오십에 겨우 집 장만했는데, 그럼 그 대출금 누가 갚아 나가네.

―에구. 그 와중에도 대출금 걱정을…….

―애들이 하도 아파트 아파트 노래를 부르니 별수 있어? 어떻게 싸게 나온 거 무리해서 사긴 했는데, 요즘 대출금리 오르는 거 봐. 자다가도 벌떡 눈이 떠져. 참, 상미는 어떻게 됐어? 현장실습 잘하고 있대?

다른 40대 동료가 젊은 동료에게 물었다.

―아휴, 우리 딸, 한숨밖에 안 나와요.

―왜? 무슨 큰 기업형 미용실에서 실습한다고 좋아했잖아.

―가서 보니까 아닌가 봐요. 손님 안내하고 대화하고 샴푸

하는 거 배우는데, 출근해서 퇴근할 때까지 온종일 서 있어야
된대요. 서 있어야 오는 손님 바로 안내할 수 있다고. 샴푸하
느라 애 손에 피부병이 다 생겼어요. 상미, 걔, 웬만해선 힘들
다 소리 잘 안 하는 앤데, 너무 힘들어서 담임 선생님한테 그
만두고 싶다고 했더니 처리하기 복잡하다고 그냥 다니라고
하더래요.

　—아니, 진짜 현장실습인가 그딴 거 왜 만들어서 어린애들
혹사시키는지 모르겠어. 제대로 일이나 가르치면 몰라. 순 위
험하고 힘든 허드렛일만 시키면서.

　그때 전화벨 소리가 울리고 누군가 전화를 받았다.

　—네? 낙상이요?

　—무슨 일이에요?

　자리가 갑자기 수런수런했다.

　—나 먼저 가봐야겠어요. 미안해요. 남편이 병원 침대에서
일어나다 떨어졌대요.

　—어머. 많이 다치셨대요?

　젊은 동료가 다그쳐 물었다. 전화를 받은 40대 다른 동료가
가방을 들고 급히 일어서는 게 보였다. 그러자 젊은 동료도
시계를 보더니 따라 일어섰다.

　—저도 애들이 걱정돼서 그만. 명주 언니, 반가웠어요. 또

봐요.

그들이 서둘러 인사를 하고 밖으로 나가자 식당 안의 온기가 빠져나간 듯 갑자기 썰렁해졌다.

─별일 없어야 될 텐데 왜 자꾸 이런 일이…….

반장이 취한 명주를 보며 한숨을 내쉬었다.

─오랜만에 스트레스 좀 풀자 했더니, 것도 맘대로 안 되네. 우리도 슬슬 나가지 뭐.

반장이 명주의 어깨를 토닥이며 말했다.

─지겨워.

─응?

─지겹다고요. 씨이.

명주가 푸념하듯 말했다. 반장이 물끄러미 명주를 쳐다보았다.

─왜 하나도 안 변해요, 네? 왜 이 지지궁상 인생은 변하지도 않냐고요!

명주는 테이블을 손으로 내려치며 말했다. 다른 식탁의 손님들이 명주를 쳐다보며 수군거렸다. 입으로 푸르르 한숨이 새어 나왔다.

─가자. 명주 씨. 많이 취했어.

반장이 명주를 달래 일으켜 세웠다. 명주는 흐느적대는 몸을 반장에게 의지한 채 식당을 나왔다.

겨울 밤바람이 얼굴을 차갑게 때렸다. 반장은 비틀거리는 명주를 끌어안고 택시를 잡기 위해 거리로 나와 섰다. 명주는 발바닥 통증 때문에 제대로 서 있기가 힘들었다. 약! 약국 어딨어요? 명주는 두리번거리며 말했다. 가장 센 걸로 진통제 한 갑만 사주세요. 네? 명주는 반장의 몸에 기대 애원하듯 중얼거렸다.

어느새 택시 안이었다. 명주는 택시기사가 백미러로 자신을 흘끔 훔쳐보는 것을 느꼈다. 목적지를 말했던가? 감겨오는 눈을 부릅뜨며 생각을 더듬었다. 조금 전까지 급식 조리원 일을 하지 않았더라면 하는 생각을 하던 중이었다. 그냥 보험사 콜센터 일을 계속 하고 있었더라면, 백화점에 계속 다니고 있었더라면, 남편과 이혼하지 않고 참고 살았더라면. 그랬더라면 은진이 그런 아이가 되지도 않고, 자신이 발에 화상을 입지도, 발바닥 통증에 시달리지도, 엄마가 지금처럼 미라로 누워 있지도 않았을 거란 생각이 들었다. 하지만 다시 이혼 전의 시간으로 돌아가 살고 있을 생각을 하니 그건 더 끔찍했다. 시간은 앞으로만 가지 뒤로 가는 법은 없다. 인생에 만약이란 가정은 없듯이.

명주는 눈을 떠 창밖을 내다보았다. 가난하지만 누구보다 성실하고 따뜻했던, 자신들의 생활비를 덜어 명주의 병원비를 보태주었던 동료들을 떠올렸다. 지금쯤은 조금이라도 나아졌길 바랐는데 모두가 명주가 지나온 전철을 밟아가고 있는 것 같아 마음이 좋지 않았다. 아직도 이 지겹고 지겨운 가난 스토리를 반복하나 싶어 짜증이 났다. 하지만 어느 순간 가족이 있는 집으로 총총히 돌아가는 그들을 보니 마음 깊은 곳에서 알 수 없는 감정이 꿈틀거렸다. 누구보다 자유롭고 홀가분하다 생각했는데 불쑥 엄마가 보고 싶었다. 그토록 지긋지긋해 마지않던 엄마가 사무치도록 그리웠다.

명주는 아파트 후문에서 내려 공원 산책로로 접어들었다. 가로등이 길을 환히 비추고 있었지만 저녁이라 주변이 어둑했다. 날이 찬데도 걷기 운동을 하러 나온 사람들이 보였다. 단발머리 여학생이 혼잣말을 하면서 공원길을 돌고 있었다. 처음엔 누군가와 통화를 하나 했는데 듣다 보니 만화영화를 그대로 재연하고 있는 것 같았다.

─으하하하, 요런 쥐방울만 한 것들. 여기가 어딘지 알고 숨어 들어왔지? 살려주세요, 살려주세요. 저희는 아무 잘못이 없어요.

여학생은 해적선장의 거친 목소리와 겁에 질린 어린아이

목소리를 손짓까지 섞어가며 중얼거리고 있었다.

　―이것들을 저 감옥 칸에 집어 처넣어. 밥 한 톨, 물 한 모금도 주지 말고! 예, 알겠습니다. 선장님!

　명주는 고개를 흔들며 눈을 부릅떴다. 여학생을 물끄러미보고 있노라니 여학생은 어느새 저만큼 앞서가고 있었다. 분명 어디선가 들었던 목소리였다. 한데 아무리 기억하려 해도기억이 나지 않았다. 분명히 어디선가 들었는데…… 명주는흐느적거리는 몸을 끌고 집으로 돌아와 그대로 쓰러졌다.

　다음 날 아침, 잠에서 깼을 때 명주는 머리가 깨질 듯이 아팠다. 물을 한 잔 마시고 어제 일을 떠올리니 마음이 무거웠다. 무심코 핸드폰을 열자 그사이 단톡방에 어젯밤 이후의 소식들이 올라와 있었다. 간밤의 안부와 병원 침대에서 떨어졌다던 집배원 남편의 소식―다시 수술을 받아야 했다, 힘들어하면서도 여전히 실습장으로 출근했다는 상미의 얘기 들이었다. 명주는 동료들의 대화를 물끄러미 보고 있으려니 자신만 소외된 것 같은 기분이 들었다. 그들이 어떻게 한 것도 아닌데 왠지 그들의 정겨운 대화에 낄 수가 없었다. 그들 사이의 친밀함이 자신을 밀어내고 자신은 이미 다른 세계에 속한사람이라는 것을 일깨워주기라도 한 것 같았다. 명주는 핸드폰을 덮고 빨래를 하기 위해 어제 입었던 옷들을 주섬주섬 집어 들었다. 외투 주머니에서 두 알을 빼 먹고 남은 진통제 한 갑과 반장이 접어 넣어준 듯한 5만 원권 두 장이 딸려 나왔다. 명주는 잠시 그것들을 내려다보다 서둘러 세탁기에 빨랫감을 집어넣었다. 지독한 외로움에 빠져들지 않도록. 하지만 다시 혼자가 된 기분이었다.

오후에는 마트에서 돌아오다가 복도에서 공교롭게도 진천 할아버지와 마주쳤다. 할아버지의 눈이 반짝 커지더니 대뜸 엄마가 퇴원했느냐고 물었다.

—아니요. 아직 병원에…….

—아니, 아직도?

할아버지의 낯빛이 바로 어두워졌다.

—어느 병원이라고 했지? 문자를 해도 답장도 없고. 전화도 안 받으니 원.

—지금 엄마가 그럴 수 있는 상황이…….

—그렇게 상태가 안 좋은가?

—당분간은 병원에 계셔야 할 것 같아요. 섬망 증상이 계속 있어서.

명주는 할아버지를 따돌리고 싶어 말을 둘러댔다.

—섬망?

　—네. 자꾸 환각 증상도 보이시고.

　진천할아버지는 인상을 쓰며 안절부절못했다. 마음을 진정시키려 애를 쓰지만 표정만큼은 감출 수가 없는 것 같았다. 그냥 돌아가는가 싶더니 다시 입을 열었다.

　—이거 가평 잣인데, 죽이라도 해서 주면…….

　명주는 할아버지가 건네는 비닐봉지를 받으며 고맙다고 말했다. 할아버지는 뭔가 할 말이 남은 듯 입술을 달싹이다 천천히 돌아섰다. 걸음걸이가 전보다 더 부자연스러워 보였다. 명주는 진천할아버지가 엄마와 비슷한 70대 중반 연배려니 했는데 오늘 보니 여든은 된 것 같았다. 할아버지가 엄마에게 보낸 지난 문자들을 떠올리니 애잔한 마음이 들었다. 명주는 혹시나 싶어 할아버지를 불러 세웠다.

　—저, 어르신. 어머니한테 뭐 하실 말씀이라도……. 저한테 말씀하시면 좀 상태가 좋으실 때 제가 전해드릴게요.

　할아버지는 처음엔 고개를 내젓다 망설이듯 입을 열었다.

　—아니 뭐 별건 아니고, 여기 엄마하고 내가 예전부터 제주도에 가자고 돈을 모았거든. 생각날 때마다 놀러 와서 2만 원씩 3만 원씩 모았지. 내가 태어나서 한 번도 비행기를 못 타봤다고 하니까 여기 엄마가 생각해낸 거여.

할아버지는 추억을 되새기듯 표정이 밝아지다 이내 어두워졌다.

—얼마나 모으셨는데요?

—얼추 200만 원쯤 되려나?

할아버지는 기억을 더듬듯 눈을 껌벅거렸다.

명주는 두 노인네가 여행을 계획했다는 말에 놀랐고 액수에 또 한 번 놀랐다. 엄마가 진천할아버지를 사귀었단 것도 놀라운데 제주도 여행을 계획하고 경비를 모아왔다니. 명주는 혹 진천할아버지가 다른 사람을 자신의 엄마로 착각하고 있는 건 아닐까 잠깐 의심이 들기도 했다. 하지만 할아버지 앞에서 그런 의심을 드러낼 수는 없었다.

—그럼, 제가 여쭤보고 찾아서 돌려드릴게요.

명주는 그렇게 하는 게 깔끔하고 현명한 처신이라고 생각했다. 하지만 명주의 말이 끝나기가 무섭게 할아버지는 대뜸 화부터 냈다.

—내가 돈을 달라는 게 아녀! 거기 엄마가 퇴원하면 같이 가려는 거지!

—아, 네…….

명주는 뜨끔했다. 바로 고개를 숙여 죄송하다고 말했다. 할아버지의 예상치 못한 반응에 놀라 명주는 말끝을 얼버무렸다. 할아버지는 명주의 말에 노여움을 느꼈는지 지팡이에 의지한 몸을 부르르 떨었다. 명주는 엄마가 살아 계신다 해도 이런 상태의 할아버지와 여행이 가능하기나 할까 싶었다. 하지만 할아버지는 누구보다 간절히 엄마의 퇴원을 바라고 있다는 것을 알 수 있었다. 할아버지는 화가 풀리지 않는지 노기 띤 얼굴로 서 있다 돌아섰다. 명주는 마치 엄마가 실제로 병원에 입원해 있어 경비를 모아놓고도 두 분이 여행을 못 가는 안타까운 상황인 것만 같은 착각이 들었다.

명주는 집으로 들어와 집 안을 뒤지기 시작했다. 할아버지의 말이 사실이라면 분명 어딘가에 돈이 있어야 했다. 엄마가 어딘가에 돈을 모아두고 명주에게는 까먹고 말을 못 했을 수도 있었다. 하지만 옷장이나 서랍장, 신발장 안을 뒤져봐도 돈은 보이지 않았다. 싱크대 선반의 그릇과 반찬통, 남아 있던 엄마 물건들을 모두 뒤졌지만 허사였다. 통장도 연금이 들어오는 통장 하나뿐이었다. 매달 들어온 연금을 곶감 빼 먹듯 찾아 쓴 흔적만 있지 돈을 입금한 흔적은 없었다. 혹 다른 통장을 만들어 넣어두었을까도 생각했지만 엄마가 그렇게까지 했을 것 같진 않았다.

명주는 진천할아버지가 혹여 뇌출혈의 후유증으로 그런 엉뚱한 상상을 하고 있는 건 아닐까 의심이 들기도 했다. 하지만 할아버지의 표정으로 보아 거짓말을 하고 있는 것 같지는 않았다. 또한 사실 여부를 떠나 할아버지가 엄마의 상태를 계속 확인하러 오리란 건 분명했다.

명주는 언제까지 엄마가 입원 중이라고 둘러대야 할지 고민스러웠다. 할아버지가 계속 찾아오는 걸 막기 위해서라도 여행비 문제는 빨리 매듭을 지어야 했다. 엄마의 상태가 좋지 않아 당분간 여행은 힘들 것 같으니 돈을 돌려드리라 했다고 하고, 모은 돈의 반을 돌려주는 게 현명할 것 같았다. 생활비를 줄여서라도 가능한 한 빨리 100만 원을 돌려줘야겠다고 생각했다. 돈을 주었는데도 다시 찾아온다면 그땐 병세가 아주 심해져 시골 요양원으로 모셨다고 말하는 수밖에 없었다. 어차피 처음부터 거짓말이었다. 부디, 할아버지가 지금의 거짓말에 속아 다시는 거짓에 거짓을 보태는 일이 늘어나지 않기만을 바랄 뿐이었다.

명주는 줄곧 돈이 나올 구멍을 물색하느라 곰곰이 머리를 굴렸다. 매달 나오는 연금에서 얼마씩 떼어 만들려면 적어도 석 달은 걸릴 텐데 그때까진 너무 길었다. 단기 알바를 해볼까 싶어 구직 사이트를 뒤졌다. 50세, 여성, 주부가 앉아서 하는 일 같은 건 눈을 씻고 찾아봐도 없었다. 명주는 들어온 돈이나 다 쓰고 죽자던 것이 엊그제인데 눈알이 빠질 듯 핸드폰을 들여다보며 구직을 하고 있는 자신을 보니 헛웃음이 났다.

명주는 일자리를 알아보다 머리를 식히려 공원으로 나갔다. 할아버지 돈을 찾지 못한다 해도 엄마가 할아버지 돈을 갖고 떠났다는 소리를 듣게 해선 안 될 일이었다. 괜한 오해나 원망을 남겨서도 안 된다. 알바를 못 구하면 식비를 아껴서라도 돈은 만들어낼 생각이었다.

명주는 공원길을 따라 걷다 마른 나뭇가지들에 둘러싸인 건물 앞까지 오게 되었다. 여름엔 제법 나무가 울창했을— 지금은 잎이 져 앙상한 가지만 남아 있는—숲 한가운데 울도 담도 없는 3층짜리 건물 한 채가 멋없이 삐죽 서 있었다. 건물 벽 측면에 '은빛요양원'이란 간판이 없었다면 누군가 팔려고 내놓은 건물이라고 생각했을 것이다. 요양원이라고 하기에는 너무 허술하고 뼈대만 남은 건물처럼 느껴졌다. 아직 해가 지지 않은 오후, 3층 오른쪽 맨 끝 방에 불이 켜져 있었다. 철창으로 막아놓은 1층은 손님들이 오면 맞는 응접실처럼 보였지만 어딘가 을씨년스러웠다. 둥근 식탁과 의자들은 이사를 앞둔 것처럼 모두 한곳으로 몰려 있어 문을 닫은 요양원 같기도 했다. 코로나로 방문객 면회를 받지 않는 때문인지도 몰랐다. 건물 밖으로는 먼지 앉은 너른 평상이 하나 놓여 있고 그 주변으로 누렇게 말라버린 잡초들과 나뭇잎이 세간의 무심함을 견디고 있는 듯했다. 다시 불 켜진 3층 방을 올려다보고 있는데 건물 옆을 지나는 중년 부인들의 말소리가 들렸다.

―은빛요양원? 우리 동네에 이런 게 있었어?

보라색 패딩점퍼를 입은 여자가 건물을 올려다보며 물었다.

―모르는 사람들이 많더라고. 워낙 외진 데 있으니까.

검은 롱패딩을 입은 여자가 말했다.

―혹시 그 할머니 알아? 나 좀 데려가, 나 좀 데려가 하는 할머니.

―응, 알아. 왜? 설마…….

―맞아. 그 할머니가 여기 사는 할머니래.

검은색 롱패딩 여자가 고개를 끄덕이며 말했다.

―그래? 근데, 요양원이 왜 이렇게 을씨년스러워? 팔려고 내놓은 건물처럼.

―그치. 나도 그런 생각이 들더라.

―그 할머닌 정신만 그렇지 몸은 멀쩡해 보이던데, 여긴 어떻게 왔을까? 맨날 공원으로 동네로 막 돌아다니던데.

―나도 자세힌 몰라. 사람들 말로는 아들이 주식 빚 갚으려고 할머니 사는 집을 팔아 여기다 데려다 놓았다더라고. 한 달만 있다 데리러 온다, 두 달만 있으면 데리러 온다 하고선

몇 년째 소식이 없다나 봐.

　―어머, 어떻게 자식이 돼갖고 부모한테 그럴 수가…….

　중년 여자들은 할머니 이야기를 계속 이어갔다. 멀어지면서 목소리도 흩어졌다. 명주는 언젠가 공원에서 자신에게 말을 걸어오던 할머니가 떠올랐다. 경비원에게 쫓겨 시원치 않은 다리로 달아나듯 걸어가던 할머니. 가슴에 보따리를 품고 나 좀 데려가 달라던 할머니가 바로 그였나 보다. 명주는 왠지 모르게 얼굴이 훅 달아올라 서둘러 그 자리를 떴다. 할머니가 남이라는 이유로 죄책감에서 자유로울 수는 없었다. 엄마의 집을 빼앗고 요양원에 유폐시켜놓은 아들이나, 엄마를 미라로 만들어두고 연금을 빼먹는 자신이나 하등 다를 게 없었다. 하물며 자신은 죽은 엄마가 흙으로 돌아갈 수조차 없게 만든 패륜아였다. 얼른 집으로 돌아가 숨고 싶은 마음뿐이었다.

8

아침이면 늘 먼저 일어나 텔레비전을 켜고 앉아 밥상을 기다리던 아버지가 요즘은 늦잠을 잔다. 운동을 시키려 데리고 나가면 쉬이 지치고 벤치만 보면 앉자고 한다. 준성은 그 이유가 단지 기력이 떨어져서만은 아닌 것 같아 걱정이 됐다. 사흘 후에 있을 진료 때 의사는 두부 MRI를 찍자고 할지도 몰랐다. 준성은 돈도 돈이지만 의사로부터 아버지의 뇌 속 변화에 대해 듣게 될까 봐 그것이 더 두려웠다.

준성은 그간 준비한 물리치료사 시험을 치르기 위해 아침 일찍 일어났다. 가까스로 물리치료학과를 졸업하긴 했지만 스물여섯 살이 되도록 자격증을 따지 못했다. 고3 때 뇌졸중으로 쓰러진 아버지는 그 후로도 입원과 퇴원을 반복했고, 준성은 간병과 아르바이트를 병행하느라 공부를 제대로 할 수 없었다. 준성은 이번엔 꼭 시험에 합격해 자격증을 따고 싶었다. 물리치료사가 되면 병원에 근무하면서 아버지를 돌볼 길이 생길 거라 생각했다. 적어도 지금처럼 암울한 상황에서는 벗어날 수 있을 것 같았다.

준성은 밥상을 차려놓고 아버지를 깨웠다. 아버지는 기운 없는 눈으로 고개만 끄덕였다.

―시험 잘 보고 올게요. 아버지가 파이팅 해줘야지.

아버지는 이불 속에서 손만 내어 흔들어 보였다. 가늘고 흰 손가락이 탈색한 나무젓가락처럼 창백해 보였다. 지난여름 모기가 극성을 부려 아버지의 얼굴과 팔다리에 사정없이 흔적을 남겨놓던 때 모습이 언뜻 떠올랐다. 모기도 먹고 살아야 하는데 그냥 냅둬. 준성이 모기 기피제를 사려 하자 아버지는 마른 손을 내저으며 말렸다. 준성은 아버지가 모기 걱정할 처지는 아닌 것 같다며 면박을 줬다. 아버지는 하루가 멀다 하고 모기한테 뜯기면서 짜증도 안 나는 모양이었다. 모기들이 아버지 얼굴에 흔적을 남겨놓으면 아버지는 술을 한잔한 것처럼 얼굴이 울긋불긋 달아올랐다. 아버지는 그렇게라도 취해 있고 싶었던 걸까.

―일어나시면 밥 드세요. 국은 가스 불 말고 전자레인지에

데우고요.

준성이 다시 일깨워주었다. 아버지는 알겠다며 힘없이 손을 흔들었다.

준성은 어젯밤 세 시간밖에 자지 못해 몸이 무거웠다. 나름 열심히 한다고 했는데 너무 긴장한 탓인지 1교시부터 고전했다. 마지막 시험은 시간이 모자랐다. 시험장 밖으로 나오는데 이제 막 졸업을 앞둔 것 같은 스물두셋 정도의 학생들이 우르르 몰려나왔다.

—교수님이 팔구십 퍼는 다 붙는다고 했는데, 떨어지는 일이십 퍼에 내가 끼어 있으면 어떡하지?

누군가의 말에 까르르 웃음소리가 터져 나왔다. 걱정이라곤 시험 걱정뿐일 것 같은 그들의 모습이 부러웠다. 그들은 제각각 어렵거나 실수한 문제들에 대해 시끄러울 정도로 크게 떠들어댔다. 준성에겐 그마저도 풋풋해 보였다. 마치 자신만 저 시절을 풀쩍 건너뛰어 스물여섯이 된 것 같았다. 준성은 마음속으로 간절히 바랐다. 다시 저 시절로 돌아갈 순 없어도 그리고 조금 실수가 있었다 해도 이번만큼은 꼭 시험에 합격하고 싶었다. 자신도 그 팔구십 퍼 안에 들어 저들과 함께 환하게 웃고 싶었다.

버스에서 내려 아파트 입구로 들어서는데 701호 여자가 보였다. 장을 봤는지 마트 봉지를 들고 다리를 조금씩 절면서 걸어가고 있었다. 얼른 다가가 짐이라도 들어줄까 하는데 아버지가 마트 옆 편의점에서 나오는 게 보였다. 혼자서는 외출을 거의 하지 않아 준성은 놀라면서도 반가웠다. 오늘은 시험 결과와 상관없이 시험을 마친 기념으로 아버지와 사이다로 가볍게 축하라도 할 셈이었는데. 아버지는 준성이 없던 사이 혼자서 걷기 연습이라도 한 것일까? 아니면 과자나 사탕이 먹고 싶었나? 지팡이와 검은 봉지를 쥐고 내딛는 걸음걸이가 위태로워 보였다. 아버지는 몇 걸음을 걷다가 힘에 부친지 편의점 옆 화단에 걸터앉아 숨을 골랐다. 직감적으로 준성은 아버지 손에 들린 것이 술병이라는 생각이 들었다. 순간 온몸의 피가 거꾸로 솟는 것 같았다. 준성은 검은 롱패딩에 크로스백을 맨 채로 아버지에게로 뛰어갔다.

준성이 기습적으로 봉지를 낚아챘는데도 아버지의 손이 빨랐다.

―좋은 말로 할 때 내놓으세요.

준성이 달랬다. 아버지는 꿈쩍도 않고 봉지를 그러쥐었다.

―내놓으라고요! 술 먹고 또 쓰러지면 이제 못 일어난다

고요!

아버지는 묵묵부답, 준성의 애를 태웠다.

─진짜 저 돌아버리는 꼴 보려고 그러세요?

준성은 화가 나 말했다. 아버지가 정말로 미웠다. 보는 사람만 없다면 주먹으로 한 대 쳐서라도 술병을 빼앗고 싶었다. 아버지와 실랑이를 하는 사이 주변으로 사람들이 몰려들었다. 눈을 힐끔거리며 지나가는 사람도 있었다. 준성이 다시 완력으로 뺏으려 했지만 아버지는 뺏기지 않으려 가랑이 사이에 술병을 감추고 상체를 구부렸다. 지나가던 경비원이 준성과 아버지 앞으로 다가왔다.

─선생님, 아드님 말 들으세요. 이런 아들이 세상천지 어딨다고. 날도 추운데 어여 아드님하고 들어가세요.

아버지는 경비원의 말에 완강히 고개를 내저었다. 준성은 허리에 손을 두른 채 한숨을 내쉬었다. 사람들이 수군거리며 더 몰려들었다. 고집스레 검은 봉지를 틀어쥐고 있던 아버지가 둘러서 있던 사람들을 향해 갑자기 벌컥 소리를 내질렀다.

─믈 츠다봐. 구깅 나서!

아버지가 불분명한 발음으로 소리를 지르며 술이 든 봉지를 휘둘렀다. 그 바람에 들고 있던 술 봉지가 손에서 빠져나가 준성의 이마를 스친 후 바닥으로 퍽 하며 떨어졌다. 깨진 술병에서 술이 흘러나왔다. 사람들이 뒤로 물러서며 짧은 비명을 내질렀다. 아버지는 술병을 잡으려 벌떡 일어서려다가 그만 화단 옆으로 쓰러지고 말았다. 준성은 이마를 문지르다 말고 재빨리 아버지를 부축해 앉히고는 등을 내밀었다.

　—업혀요!

　준성은 체념 어린 목소리로 말했다. 아버지도 어쩔 수 없다는 듯 준성의 등에 업혔다. 아버지를 추켜 업는데 아버지의 신발 한 짝이 바닥으로 툭 떨어져 내렸다. 뒤에서 구경하고 있던 누군가 신발을 주워 아버지의 발에 꿰어주었다. 돌아보니 낯이 익은 할머니였다. 오늘도 요양원을 몰래 빠져나왔는지 겨울인데 외투도 없이 올이 성긴 스웨터 차림이었다. 준성은 아버지를 한 번 더 추켜올리고 발걸음을 뗐다. 주변에 서 있던 사람들이 하나둘 물러서 제 갈 길로 흩어졌다. 은빛요양원 할머니가 마치 가족이기라도 한 듯 바닥에 있던 아버지의 지팡이를 주워 들고 졸졸 뒤를 따라왔다. 가늘고 새된 소리를 내며 그 뒤를 따라오는 여학생이 있었다.

　—술병 내놓으라니까요! 저 죽는 꼴 보려고 그러세요? 술병 내놓으라니까요.

　보나마나 매일 아침 공원을 걷는 단발머리 여학생일 것이다. 준성은 돌아보기도 민망해 앞만 보고 걸었다. 여학생은 앵무새처럼 계속 같은 말을 반복했다. 준성이 걸음을 멈추고 뒤를 돌아보자 여학생은 고개를 숙이고 공원 쪽으로 방향을 틀었다. 여학생은 돌아서 가면서도 계속해서 같은 말을 중얼거렸다.

　—그 술병 내놓으라니까요. 저 죽는 꼴 보려고 그러세요? 제발 그 술병 내놓으라니까요!

　준성은 그제야 아버지 기력이 떨어진 이유를 알 것 같았다. 아버지가 자신 몰래 술을 사다 마신 게 이번이 처음은 아니라는 것도. 순진하게도 아버지가 술을 끊었다고 믿었다니. 준성의 두 볼 위로 눈물이 흘러내렸다. 나아질 거라고, 언젠가는 좋아질 거라고 믿고 있었다니. 준성은 이제껏 굳게 믿고 있던 신념들이 소리 없이 무너져 내리는 것을 느꼈다. 이제 다시 무얼 믿고 일어서야 할지, 일어설 방법이 있기나 한 건지 누구에게라도 묻고 싶었다. 하느님, 제 앞날에 과연 희망이 있기는 한 건가요? 준성은 분노와 눈물로 얼룩진 얼굴을 하늘에 대고 소리 없이 외쳐댔다.

9

　명주는 진천할아버지 돈을 빨리 해결하고 싶었다. 문제가
커지는 것도 싫고 관계가 얽히는 것도 싫었다. 초반에 불을
꺼야 더 복잡해지는 걸 막을 수 있었다. 하지만 코로나 시국
이라 예전만큼 일자리가 없었다. 앉아서 할 수 있는 부속 조
립이나 포장 알바 자리도 씨가 말랐다. 있다 해도 지원 조건
이 40대 이하로 까다로워졌다. 명주는 일단 급구알바에 알람
을 걸어놓고 틈날 때마다 들어가 보기로 했다. 작은방 청소와
소독을 하고 오랜만에 목욕탕 청소를 했다. 밖으로 나와 보니
은진에게서 여러 번 전화가 걸려와 있었다.

　─왜 이렇게 전화를 안 받아? 짜증 나게.

　은진은 대뜸 화부터 냈다.

―나 오늘 저녁 좀 사주라.

　급한 일이 생겼나 물으려는데 은진이 불쑥 말했다. 명주는 아직 다 갚지 못한 옷값과 진천할아버지 생각이 스쳤지만 저녁 한 끼 사달라는 걸 거절할 순 없었다. 은진은 전화를 끊자마자 약속 장소를 문자로 찍어 보냈다.

　식당은 생일잔치나 환갑 같은 특별한 날에나 올 법한 한정식집이었다. 약속 장소에 도착한 명주는 한옥 형태에 정갈한 좌식 탁자가 놓인 방들을 보자 절로 한숨이 나왔다.

　직원이 안내하는 방으로 들어서니 은진과 젊은 남자가 함께 앉아 있었다. 은진 또래의 입성이 깔끔하고 연약한 인상의 남자였다. 친구를 데려온 모양이었다. 우리 엄마야. 은진은 명주가 들어서자 친구에게 말했다.

　―엄마, 내 남자친구, 태윤 씨. 엄마 보여주려고 내가 불렀어.

　명주는 은진이 아무 언질도 없이 친구를 데려와 기분이 좋지 않았다. 하지만 티를 내지 않으려 애썼다. 친구는 앉은 자리에서 부끄러운 듯 고개를 숙였다. 앞머리가 이마를 덮은 갸름한 얼굴은 그다지 내키지 않는 자리에 불려 나온 표정을 하고 있었다. 은진과는 웃으며 조곤조곤 대화를 하다가도 명주와 시선이 마주치면 얼른 고개를 돌렸다.

　―엄마, 여기가 미슐랭 스리스타 받은 한정식집이래. 지나

다니면서 꼭 한번 와보고 싶었거든.

—그렇게 오고 싶었으면 아빠한테 사달라지 왜.

명주는 나무라는 투로 말했다.

—아빠? 아빠 요새 그 여자한테 카드도 압수당하고 용돈도 받아 쓰는 처지라…….

은진이 살짝 친구의 눈치를 보았다.

—암튼, 할머니도 맨날 짱구 본다고 나는 뒷전이고 이제 엄마밖에 더 있어?

명주는 은진의 철부지 어린애 같은 말투가 거슬렸다. 나이를 도대체 어디로 먹은 거냐고 면박을 주고 싶었지만 친구 앞이라서 참았다. 시간이 흘렀어도 은진은 5년 전과 별반 다를 게 없는 듯했다.

은진이 제멋대로 주문을 해놨는지 들어온 지 얼마 되지 않아 음식이 나오기 시작했다. 죽과 샐러드에서부터 육회와 생선회까지 한 상 가득 호화로운 음식이 차려지는 걸 보며 명주는 점점 좌불안석이 되어갔다. 얇은 지갑 탓만은 아니었다. 엄청난 일을 저지르고도 철모르는 어린애처럼 구는 건 은진의 특기였다. 명주는 이 자리가 마치 함정인 것만 같았다. 수년 전 아무런 죄책감도 없이 순진한 아저씨를 꾀어 우려먹던 방식으로 자신을 이용하고 있는 것만 같았다. 은진과 친구는 연신 감탄사를 연발하며 젓가락을 든 손으로 접시와 접시 사이를 부지런히 오갔다.

명주는 먹기도 전에 얹힌 것처럼 속이 거북했다. 젓가락을 놓고 아이들을 바라보고 있으려니 은진의 작전을 뻔히 알면서도 말려든 기분이 들었다. 은진이 친구의 귀에다 귓속말을 하더니 둘이서 까르르 하고 웃었다. 명주는 기분이 나빴다. 사람 앞에서 귓속말을 하는 건 예의에 어긋나는 일이라고 가르쳤었는데 은진이 그런 걸 기억이나 할까 싶었다. 은진은 문어숙회 한 점을 집어 오물거리다 명주를 쳐다보았다.

―엄마, 나, 사이드 메뉴 하나 시켜도 될까?

은진이 명주에게 허락을 구하듯 물었다.

―응?

명주는 어떻게 대답을 해야 할지 몰라 앞만 쳐다보았다. 상에 있는 음식만도 이렇게 많은데 뭘 또? 라고 하고 싶었지만 친구 앞에서 분위기를 어색하게 만들 수는 없었다.

―그래.

명주는 고개를 끄덕였다. 태윤이란 친구는 난처한 듯 애매한 표정을 짓다가 안심하는 눈치였다. 둘은 메뉴판에서 전복버터구이를 골라 시켰다. 보지 않아도 몇만 원은 할 것 같았다. 명주는 은진이 잔꾀를 부린다고 생각했다. 아니 어쩌면 정말로 전복버터구이를 먹고 싶었는지도. 그래서 오랜만에 만난 엄마에게 예전처럼 당당히 요구하는 것일 수도 있었다.

명주는 계산대 앞에서 다시 한번 놀랐다. 코앞에서 연금의 거의 반을 도둑맞은 느낌이었다. 태연한 척 가까스로 계산을 하고 나오니 은진은 태윤의 점퍼에 양손을 넣은 채 얼굴을 마주 보며 발을 동동 구르고 있었다. 명주를 보자 쪼르르 앞으로 다가왔다.

─엄마, 우리 노래방 가.

─노래방?

─이렇게 밥만 먹고 헤어지는 건 좀 아니잖아.

은진은 만만한 물주를 잡은 듯 헤실헤실 웃었다.

명주는 떠밀리듯 근처 노래방으로 끌려 들어갔다. 은진은 들어서자마자 맥주와 콜라를 시키고 탬버린을 흔들며 노래를 부르기 시작했다. 숫기가 없던 태윤도 그사이 어색함이 사라졌는지 음악에 맞춰 몸을 조금씩 흔들어댔다. 은진은 아무 번호나 눌러 나오는 노래를 태윤과 함께 목이 터져라 불러댔다.

명주는 시끄러운 소리에 좀처럼 적응이 되지 않았다. 맥주를 마시면서 마음을 진정시키려 애를 써보았지만 소용이 없었다. 천장에선 불빛이 빙글빙글 돌고 귓속을 파고드는 두 아이의 노랫소리에 머릿속이 팽팽히 부풀어 오른 꽈리처럼 금방이라도 터져버릴 것 같았다.

―야! 돈을 벌러 나왔으면 제대로 놀란 말이야! 제대로!

어디선가 술 취한 남자의 목소리가 끼어들었다. 명주는 깜짝 놀라 주위를 둘러보았다. 노래방 안의 미러볼 불빛이 파도를 타듯 일렁거렸다. 네 명의 남자들이 명주를 둘러싸고 노래를 부르고 있었다. 정신이 혼몽해지는 느낌이었다. 천장 위에서 사이키 조명이 돌고 귀를 찢을 듯한 음악소리가 들려왔다. 다시 눈을 떠보니 갑갑할 때면 달려와 노래를 불러대던 낯익은 노래방이었다. 노래도 하면서 돈도 벌 수 있다며 농담을 걸어온 건 그 노래방 사장이었다. 농담이라고만 여겼는데. 방세가 밀리고 건강보험료가 밀려 병원에도 갈 수 없던 날, 진통제와 컵라면을 사기 위해 약값만 벌자면서 갔다. 몇 번 그렇게 푼돈을 벌어 썼다. 손님과 시비가 붙어 그만두기 전까지는.

안개 속에서 나는 울었어. 외로워서 한참을 울었어. 사랑하고 싶어서 사랑받고 싶어서.

명주는 고개를 쳐들었다. 자신이 자주 부르던 노래였다. 어떻게 젊은 애들이 이런 노래를 아는가 싶어 눈을 껌뻑거렸다. 연이어 다시 또 귀에 익은 노래가 흘러나왔다. 명주는 머리를 흔들며 고개를 좌우로 두리번거렸다.

　별빛이 흐르는 다리를 건너 바람 부는 갈대숲을 지나 언제
나 나를 언제나 나를 기다리던 너의 아파트……
　노래의 전주가 흘러나오고 머리에 넥타이를 두른 취객 하
나가 명주 앞에 와 섰다. 얌전히 앉아 노래만 불러주고 박수
나 쳐주면 된다던 사장의 말과는 달리 손님들은 명주에게 탬
버린을 쥐여주며 춤을 추라고 했다. 그리고 어깨와 팔다리를
격하게 흔들며 일부러 명주의 몸에 부딪쳐왔다. 명주는 탬버
린을 흔들며 노래를 부르고 춤까지 추려니 발바닥에 불이 나
는 것 같았다. 간신히 노래를 부르며 버티는데 빠른 비트의
리듬이 흘러나오면서 분위기가 점점 고조되어갔다. 바로 앞
에 서 있던 취객이 흥에 겨워 명주의 두 팔을 잡고 위아래로
마구 흔들어댔다. 노래가 곡예를 하듯 블루스 리듬으로 바뀌
자 취객은 잡고 있던 한 팔로 명주의 허리를 앞으로 확 끌어
당겼다. 명주의 몸이 취객 쪽으로 확 쏠리면서 발바닥 통증이
머리를 쪼개듯 솟구쳐 올랐다.
　―아얏!
　명주는 손님을 확 밀쳐내면서 바닥으로 고꾸라지고 말았
다. 넘어지면서 정강이가 테이블 다리에 부딪혀 연달아 새된

비명이 터져 나왔다. 정강이를 감싸 쥐고 아픔을 참는데 취객이 거칠게 팔을 끌어 올리며 소리쳤다.

―야, 너 제대로 안 할 거야! 이런 데 왔으면 돈 값을 해야지!

명주가 일어서며 손님을 다시 밀쳤고 얼굴로 취객의 매서운 손이 날아들었다. 소리를 질러대며 취객에게 달려들었을 때 노래방 안은 아수라장이 되어버렸다.

―엄마도 한 곡 불러야지.

은진이 마이크를 내밀며 명주 앞에 서 있었다. 명주는 막 잠에서 깬 듯 은진의 얼굴을 올려다보았다. 속이 울렁거리고 발바닥에서 불이 나 도저히 앉아 있을 수가 없었다. 명주는 둘이서 재밌게 놀라며 허둥지둥 노래방을 빠져나왔다. 은진이 뒤에서 엄마, 엄마 소리쳐 부르는 소리가 들렸다.

명주는 도로를 두리번거리며 버스 정류장으로 향했다. 명치 쪽이 막힌 듯 숨쉬기가 어려웠다. 속이 매슥거리며 배 속에서 괴물이 요동치듯 꿈틀거렸다. 골목으로 뛰어들어 건물 모퉁이에 대고 속에 든 것을 모조리 토해냈다.

찬바람이 이마의 땀을 차갑게 때리고 지나갔다. 입가의 침을 닦고 떨리는 몸을 일으켜 세우는데 남편의 목소리가 울컥 머리를 치고 올라왔다. 너 지금, 사랑도 돈도 모두 달라는 거잖아. 분수를 알아야지. 빈손으로 들어와 이만큼 누리고 살려면 그만한 아량쯤은 있어야 되는 거 아닌가? 남편은 자신이 한 잘못이 마치 설거지를 하다 접시 하나를 깨뜨린 것만큼이나 사소한 일인 것처럼 말했다. 잘못을 하고도 뻔뻔하게 구는건 은진과 다를 게 없었다. 다른 사람의 옷을 걸쳐 입고 사는 것 같던 때, 부유한 시댁에선 유쾌한 기억이 별로 없었다. 이제 남편의 그런 말들에 흔들릴 자신도 아니었지만 명주는 집으로 가는 내내 왜 좀 더 일찍 남편을 떠나지 않았는지 후회스러웠다.

집으로 돌아와 보니 식탁 위에 옆집 김치통이 놓여 있었다. 702호가 김장을 하면서 맛보라고 준 것이었다. 빈 통을 돌려줘야지 하면서 차일피일 미루고 있었다. 철없는 은진을 보고 와서인지 702호가 더욱 대견해 보였다. 명주는 뭐라도 해주고 싶어 냉장고를 열어 있는 재료를 죄다 꺼냈다.

오이를 썰어 소금에 절이고 봄동은 살짝 데쳐 된장양념에 무쳤다. 감자를 갈아 노릇노릇 감자전을 부치고 절인 오이는 꼭 짜서 들기름에 볶았다. 두부를 양념장 끼얹어 약한 불에 졸이면서 만들 재료들이 더 없나 냉장고를 살폈다.

명주는 음식을 만들다 보니 어느새 기분이 좋아졌다. 식당을 하고 싶었던 꿈은 조리원 시절 화상으로 물거품이 됐지만 그래도 요리를 할 때만큼은 사는 맛이 났다. 반찬에서 윤기가 흘렀다. 명주는 반찬들을 통에 담고 김치통도 돌려줄 겸 702호로 건너갔다.

초인종을 눌러도 기척이 없었다. 한 번 더 누르고 기다리는데 안에서 다투는 듯한 소리가 들려왔다. 아버지가 소리를 질러대고 아들도 맞서 큰소리를 내는 것 같았다. 명주는 주춤하며 물러섰다. 나중에 다시 와야겠다고 생각하며 돌아서려는데 문이 확 열렸다.

702호가 문을 연 순간 안에서 훅 똥 냄새가 끼쳐왔다. 702호의 뒤로 집 안 풍경이 한눈에 들어왔다. 흩어진 옷가지며 수건과 걸레, 소변통이 어지럽게 널려 있었다. 702호는 방금 전 아버지와 씨름이라도 한 듯 얼굴이 붉게 달아올라 있었다. 명주는 행여 702호가 무안할까 싶어 고개를 돌렸다. 뭐라도 변명을 해야겠기에 들고 있던 반찬통들을 내밀었다.

—좀 많이 만들어서.

명주는 반찬만 건네고 얼른 돌아섰다.

—아, 고맙습니다. 근데, 저, 잠깐만 계셔주실래요?

702호가 뒤에서 떨리는 목소리로 말했다.

—제가 목욕탕 정리할 동안만 아버지 좀 봐주셨으면…….

명주는 잠시 망설이다 안으로 들어섰다. 방금 전 목욕을 마쳤는지 노인은 러닝과 팬티 차림으로 거실에 앉아 있었다. 옷을 입히려다 실랑이가 벌어졌는지 바지와 셔츠가 뒤집힌 채 아무렇게나 널브러져 있었다.

─아버지가 변을 실수하셔서, 처음 겪는 일이라 저도 당황을 해서…….

702호는 아직도 정신을 못 차리는 얼굴이었다.

─어서 욕실이나 정리해요. 아버님은 내가 보고 있을 테니.

명주는 낮은 목소리로 말했다.

노인은 명주를 낯설어하며 고개를 이쪽저쪽으로 돌렸다. 엄마가 변을 실수하고 그 사실을 숨기려 시선을 피하며 딴전을 피우던 때와 비슷했다. 명주에겐 익숙한 일이었다.

─어르신. 텔레비전 볼까요? 명주는 노인에게 다가서며 물었다.

노인은 힐끔 명주를 쳐다보고 기분이 상한 듯 얼굴을 찡그렸다. 명주는 슬며시 바닥에 있던 리모컨을 들어 트로트 가수들이 나오는 채널을 찾았다. 엄마도 한때 즐겨 보던 프로였다.

─이거 어떠세요?

젊은 트로트 가수들이 나란히 서서 나훈아의 〈홍시〉를 한 소절씩 나눠 부르고 있었다. 노인은 자라처럼 고개를 앞으로

쑥 빼고 텔레비전에 시선을 고정했다. 얼굴에 차츰 화색이 돌며 경계를 푸는 듯했다. 명주는 노인이 텔레비전에 빠져 있을 사이 윗도리를 뒤집어 바로 폈다.

—자, 이쪽 팔 줘보세요.

노인은 얼굴을 텔레비전에 고정한 채 손만 내밀었다.

—잘했어요. 저쪽 손도요.

노인은 말 잘 듣는 유치원 아이처럼 차례로 양손을 내밀었다. 바지도 그런 식으로 한 발 한 발 입혔다. 엄마를 씻기고 입히던 것과 별반 다를 게 없었다. 남자 노인이라 해도 몸체가 작고 말라 큰 덩치의 엄마보다 수월했다.

702호는 목욕탕에서 나와 아버지가 옷을 말쑥하게 입고 텔레비전 앞에 얌전히 앉아 있는 걸 보고는 놀란 표정이었다.

—어, 어떻게?

—이 방면엔 내가 더 선배 아닌가? 미스터트롯도 한몫했지만.

명주는 대수롭지 않게 말하고 거실을 둘러보았다. 데칼코마니처럼 명주의 집을 그대로 덮어 찍어놓은 느낌이었다. 벽을 사이에 두고 좌우대칭으로 놓여 있는 텔레비전과 냉장고, 옥색 빛깔의 낡은 싱크대와 문짝도 똑같았다. 남자 둘만 사는 집치고는 정리정돈이 잘돼 있었다. 702호의 깔끔한 성격이 그대로 보였다. 오늘의 당황스러운 모습만 빼면 나무랄 데가 없는 청년이었다. 중키의 다부져 보이는 마른 몸, 선한 눈매에 짧은 곱슬머리, 그 흔한 머리염색도 귀를 뚫은 흔적이나 문신도 없었다. 철없는 은진에 비하면 요즘 어떻게 이런 애가 있나 싶었다. 성준이었나, 준성이었나. 이름은 잘 기억나지 않지만 엄마도 702호를 들먹이며 칭찬을 하곤 했었다. 노인은 아들과 실랑이를 하느라 꽤나 힘을 썼는지 텔레비전 앞에서 꾸벅꾸벅 졸기 시작했다.

—정말 고맙습니다. 뭐라고 감사드려야 할지…….

702호가 믹스커피를 타 와 두 손으로 내밀었다.

—아버지가 이 정도는 아니었거든요. 운동도 열심히 하고 식사도 잘 하셨는데. 마트에 다녀왔더니 아버지 몸에서 냄새가 나는 거예요. 실수한 줄도 모르고 계속 텔레비전을 보고 계시더라고요.

아버지가 뇌졸중으로 처음 쓰러진 건 고등학교 때라고 했다. 처음엔 한 달 만에 회복하고 좋아지셨는데 몇 년 후 뇌졸중이 재발했고, 그 후유증으로 점차 말과 행동이 어눌해지면서 기력과 인지력도 떨어졌다고 했다. 걷는 연습을 하면서 화장실 출입은 하는 정도인데 알코올성 치매기가 있어 맘을 놓을 수 없는 상태라고 했다.

―건축일 하면서 술을 많이 드셨거든요.

명주는 얼마 전 술을 사 오던 노인과 마주친 일이 떠올랐다.

―요양등급 신청을 하면 평소엔 어리바리하다가도 심사
나온 분들 앞에서는 얼마나 대답을 잘하는지 등급도 받을 수
가 없어요.

명주는 702호가 하는 말을 가만히 듣고만 있었다. 고3 때
쓰러진 아버지를 간호하느라 학교를 잠시 쉬었고, 전문대학
물리치료학과를 다니며 국가고시 자격증 준비를 하던 중 아
버지가 다시 쓰러졌다고 했다. 물리치료사가 되어 병원에 근
무하는 게 꿈이었는데 자격증도 못 따고 쌓아놓은 스펙도 없
이 20대가 다 가고 있다고. 지금은 대리운전과 간병을 병행하
고 있지만 힘에 부친다는 얘기를 띄엄띄엄 풀어놓았다. 지난
주 물리치료사 시험을 치렀는데 너무 긴장해 망친 것 같다며
희미하게 웃었다.

명주는 702호가 커피잔을 내려다보는 걸 물끄러미 바라보
았다. 물에 불어 붉고 뭉툭한 그의 손을 보니 단체급식 조리
실 동료들의 손이 떠올랐다. 명주는 702호의 등이라도 투덕
투덕 두드려주며 좋은 날이 있을 거라고 말해주고 싶었다. 하
지만 얄궂게도 머릿속을 파고드는 건 불길한 미래의 모습이
었다. 열심히 바위를 굴려 올리며 살아가겠지만 기다리고 있

는 건 끝을 알 수 없는 추락뿐인 미래.

　　―다른 형제는 없어요?

　명주가 물었다.

　　―다섯 살 위 형이 하나 있는데 지금 여기 없어요. 아버지
두 번째 쓰러지고 얼마 뒤에 장사한다고 외국으로 떠나서는
연락 끊긴 지 오래됐어요.

　　―어머니는?

　　―중학교 때 돌아가셨고요.

　명주는 가만히 702호를 바라보았다. 애처로운 생각이 들었
다. 노인은 옆으로 쓰러져 잠이 들었는지 작게 코 고는 소리
를 냈다. 702호가 다가가 머리에 베개를 받쳐주고 이불을 덮
어주었다.

　　―매일 아버님 운동시키던데, 힘들지 않아요?

　702호가 서글서글한 눈매로 힘없이 웃었다.

　　―그렇게라도 안 하면 더 안 좋아지니까요. 사실은 절 위
해서예요. 요전번 쓰러지셨을 땐 회복하기까지 정말 오래 걸
렸거든요. 또 쓰러지시면 과연 제가 감당할 수 있을까 생각만
해도 두려워요. 좋은 아버지였다고는 할 수 없지만 그래도 저
한텐 하나뿐인 가족이니까요.

　명주는 준성의 말을 들으면서 측은한 마음이 들었다. 그러

면서도 속으로는 차라리 고아가 되는 게 나을 수도 있다고 말하고 있었다. 간병은 그 끝이 너무나 허무하고 너의 젊음을 앗아갈 뿐 아니라 결국에는 아무것도 남지 않게 될 수도 있다고.

702호가 반찬통을 열어보며 거듭 고맙다는 말을 했다. 집에 가려고 일어서려는데 발바닥으로 찌르는 듯한 통증이 몰려와 몸이 기우뚱거렸다.

—괜찮으세요?

702호가 바로 팔을 잡아주며 물었다.

—저번에도 보니까 발이 불편하신 거 같던데.

—괜찮아요. 이제 만성이 돼서.

명주는 자조적으로 웃었다. 신발을 신고 나가려다 준성을 돌아보았다.

—뭐, 먹고 싶은 거 없어요?

—네?

—언제 밥 한번 사주려고.

명주의 말에 준성이 밝아진 얼굴로 잠시 쭈뼛거렸다.

—짜장면이요. 짜장면 사주세요!

—에계. 더 좋은 거. 더 비싼 거.

—아녜요. 짜장면 먹고 싶어요.

준성이 웃으며 말했다. 명주도 고개를 끄덕이며 집으로 돌아왔다.

명주는 작은방으로 들어가 다리를 뻗고 벽에 기대앉았다. 나무관을 바라보고 있으려니 702호처럼 당황해하던 때가 생각났다. 처음엔 명주도 자신의 힘으로 충분히 엄마를 돌볼 수 있을 거라고 생각했다. 밖에서 겪는 모멸감에 비하면 내 엄마를 간병하는 것쯤은 아무것도 아니라고. 하지만 그것이 착각이란 걸 알게 되기까지 그리 많은 시간이 필요하지 않았다. 자신 안에 있는 자비심이란 얼마나 알량하고 얄팍했던지. 명주는 엄마를 돌보기 시작한 지 두 달도 되지 않아 소리를 내지르고 말았다.

자린고비에 인색했던 아버지와는 달리 대범하고 독립적이었던 엄마에게 자신의 도움이 필요하리라고는 생각지 않았다. 60대 초반에 대장암 진단을 받고 수술까지 받았지만 인색한 아버지를 대신해 살림을 건사해오던 엄마였다. 관절염으로 거동이 불편해진 데다 대장암 후유증과 치매가 오면서 엄마가 같이 살자고 했을 땐 명주의 삶도 바닥으로 곤두박질치고 있었다. 집에서 벗어나고 싶어 결혼을 했고 이혼 후에도 엄마와는 데면데면 지내왔던 터라 처음엔 거절했다. 다른 선택지가 없어 엄마 집으로 들어오면서도 엄마가 어떤 상태인지 명주는 정확히 알지 못했다.

엄마의 거동이 급격히 둔해진 건 엄마 집에 들어와 얼마 되지 않아서였다. 이상한 행동을 하기 시작한 것도 그때부터였다. 낭비라고는 모르던 엄마가 텔레비전 홈쇼핑에서 좋아하지도 않는 장어즙을 두 박스나 주문해 배달이 오면서부터였다. 이상식욕을 내보이며 먹을 것만 찾았다. 대소변을 지리기 시작해 처음엔 팬티라이너를 채우다 나중엔 기저귀를 채우기 시작했다. 하지만 그건 모두 서막에 불과했다.

마트에서 장을 봐 돌아온 날이었다. 계산대 포스기에 문제가 생겨 다른 날보다 십 분쯤 지체했다가 돌아오니 집 안에서 똥 냄새가 진동했다. 엄마가 자신의 대변을 세면대 구멍에 쑤셔 넣고 있었다. 보고도 믿기지가 않았다. 명주가 엄마! 하고 소리쳐 부르자 엄마가 몸으로 세면대를 가리고 어쩔 줄 몰라하며 서 있었다. 엄마가 속옷에 변을 실수하고 처리하는 방법을 잊어버린 것 같았다. 혼날까 봐 어쩔 줄 모르고 당황해하며 두 손에 대변을 묻힌 채 서 있는 모습이라니. 두려움에 떨며 서 있던 엄마의 눈빛이 아직도 눈앞에 어른거리는 듯했다.

명주는 공기청정기의 물통을 비우고 소독용 스프레이와 탈취제를 곳곳에 뿌렸다. 나무관 뚜껑을 열어 엄마의 상태를 확인한 뒤 물끄러미 바라보았다.

—엄마, 조금만 기다려. 곧 좋은 곳에 모실게.

명주는 작은 소리로 중얼거렸다. 하지만 자신이 과연 그 약속을 지킬 수 있을지 걱정이 됐다. 어느 집에선가 희미하게 다투는 소리가 들려왔다. 그릇이 바닥에 떨어지고 연이어 터져 나오는 새된 비명 소리. 명주는 황망해하던 702호의 눈빛이 자꾸만 떠올랐다. 무언가 거침없는 물살이 그의 인생을 할퀴고 들어오는 것만 같았다. 하지만 명주가 어떻게 해줄 수 있는 건 아무것도 없었다. 나이가 좀 많다고 해서, 인생을 좀 더 살았다고 해서 그 물살에 언제나 잘 대처하는 것은 아니었다. 간단히 저녁을 먹고 잠을 청하려는데 은진이 문자를 보내왔다.

엄마. 잘 들어갔지?
태윤 씨가 엄마 짱이래!

은진은 반짝이는 조명 아래 빙글빙글 돌고 있는 토끼 이모티콘과 가슴에서 하트를 쏘아대는 이모티콘을 연달아 보냈다. 명주는 저 혼자 돌고 있는 팽이를 바라보고 있는 느낌이었다. 답장은 하고 싶지 않았다. 딸 친구에게까지 멋진 엄마가 되고픈 마음은 추호도 없었다. 은진이 보낸 문자를 보고 있으려니 은진과 직접 대면하고 있는 만큼이나 피로가 몰려왔다. 마치 한 달이나 신은 신발을 가져와 구두 뒤축이 평행하지 않다며 환불을 요청하는 손님을 상대하는 기분이었다. 예측할 수 없고 이해 불가한 반응이 터져 나올 것만 같은 불안감이 엄습했다. 은진이 다시 문자를 보냈다.

엄마~~~! ♡
100만 원만 빌려줄 수 있어?^^
가능한 한 빨리~♡ ♡ ♡

그럼 그렇지. 예감은 틀리지 않았다. 명주는 웃는 기호가 붙은 해고통지 문자를 받았을 때의 기분이 이럴까 싶었다. '없다'고 바로 답을 보냈다. '먹고 죽을 돈도 없다'라고도 썼다가 그 말은 지워버렸다. 그리고 핸드폰을 꺼버렸다.

10

저녁 일곱 시 반, 준성은 의정부에서 군자역으로 가는 첫 콜을 잡았다. 군자에서 도봉산역으로, 도봉산역에서 회기로 나가는 콜을 연달아 받고 오늘은 시작부터 운이 좋다는 생각이 들었다. 그런 날이 있다. 뭔가 착착 맞아떨어지는 날.

준성은 주변의 공유 전동킥보드를 타고 고객이 있는 식당으로 출발했다. 얼굴로 치닫는 밤바람이 얼음처럼 차가웠다. 아버지는 지난번 대변 실수 이후로 케겔 운동을 집중적으로 시켜 근래에는 실수를 하지 않았다. 하지만 기력이 날로 쇠약해져 긴장을 늦출 수 없었다. 거리에서 한바탕 곤욕을 치르고 다시는 술을 마시지 않겠단 약속을 받아내긴 했지만 자신이 없는 시간까지 감시할 순 없었다. 아버지의 양심에 맡기는 수밖에.

회기역 부근에서 전동킥보드를 타고 손님이 있는 식당 골목으로 접어들 때였다. 갑자기 자동차 불빛이 눈앞을 정통으로 비추며 달려들었다. 눈이 부셔 얼굴을 돌려 피하다 골목 입구에 있는 턱에 걸려 넘어지고 말았다. 재빨리 손바닥으로 땅을 짚어 크게 다치는 건 피할 수 있었지만, 정신을 차렸을 때 자동차는 이미 가버리고 없었다. 옷을 털고 킥보드를 일으켜 세우는데 넘어진 자리 바로 옆에 흰색 벤츠가 있다는 걸 알았다. 팔다리에 통증을 느낀 것도 잠시, 하마터면 벤츠를 긁을 뻔했다는 생각에 머리카락이 쭈뼛했다. 준성은 일어나 곧바로 그 자리를 떴다.

손님을 태우고 차를 몰고 가는데 자꾸만 손목이 시큰거렸다. 핸들을 돌리려 손목을 조금만 비틀어도 찌릿하며 신경을 건드렸다. 손바닥에도 벌겋게 긁힌 자국이 있었다. 준성은 손님을 내려준 뒤 편의점에 들렀다. 팔꿈치가 쓰라려 소매를 걷어보니 팔뚝 아래로도 벌겋게 긁혀 있었다. 파스와 연고, 밴드를 샀다. 손목에 파스를 붙이고, 팔꿈치엔 연고를 바른 후 밴드를 붙였다. 손목이 계속 시큰거렸지만 시간이 지나면 괜찮아지려니 했다. 이제 막 첫 콜을 뛰었을 뿐 오늘 목표액을 채우려면 적어도 세 콜은 더 뛰어야 했다.

준성은 마침 현금인출기가 있는 은행을 발견하고 추위를 피하기 위해 안으로 들어갔다. 이어폰으로 음악을 들으며 콜을 고르던 중 전화가 걸려왔다. 모르는 번호여서 꺼버렸는데 다시 걸려와 받았더니 목소리가 다급했다. 얼핏 관리사무소라는 말이 들렸고 연이어 불, 아버지, 화상 같은 말들이 어지럽게 섞여 들려왔다.

건물이 무너지고 가스가 터져 온 마을과 산들이 불길에 휩싸여 아수라장이 됐다고 말하는 것 같았다. 준성은 일본이나 남태평양 같은 먼 곳에서 일어난 재난 소식을 듣고 있는 것만 같았다. 그런데 다급한 목소리가 어서 빨리 집으로 가보라고 소리치고 있었다.

준성은 대기하고 있던 유리문 안에서 밖으로 튀어나왔다. 머릿속에서 폭죽이 연달아 터지는 기분이었다. 준성은 대로까지 나가 두 손을 흔들어 택시를 잡아탔다. 불이 나 아버지가 화상을 입었다니 도무지 믿기지 않았다. 위태롭긴 해도 이나마 잘 버티고 있다 생각했는데. 불길과 연기가 자욱한 집 안에서 아버지가 허우적대는 모습이 자꾸만 어른거렸다. 하느님이 있다면 이럴 수는 없었다.

아파트 단지 입구에서부터 사이렌 소리가 요란하게 울어댔다. 3동 앞에 소방차와 앰뷸런스가 서 있고 매캐한 냄새가 났다. 빽빽이 몰려든 사람들을 헤치고 들어가려니 여기저기서 사람들이 수군대는 소리가 들렸다.

—아니, 이게 무슨 일이래요?

—아저씨가 가스 불을 잘못 만진 모양이라. 누가 신고는 한 모양인데 화상을 크게 입었나 봐.

—내 언제고 일 날 줄 알았어. 702호 아저씨 맨날 아들 몰래 술 사다 마시고 하더니…….

—그나저나 안됐어. 아들이 밤낮으로 그렇게 열심히 운동시켰는데 저렇게 화상을 입어 인제 어쩐대?

준성은 간신히 사람들 틈을 뚫고 7층 복도로 들어섰다. 주황색 옷을 입은 119 구급대원들이 아버지를 들것에 싣고 나오고 있었다. 아버지! 아버지! 준성은 소리치며 들것 옆으로 달려갔다.

—우리 아버지 괜찮은 거죠? 네? 네?

준성은 구급대원들에게 소리쳐 물었다. 구급대원들은 응급처지만 한 채 아버지를 옮기는 중이었다. 복도에서 지켜보던 사람들이 길을 터주었다. 준성은 아버지와 함께 앰뷸런스를 타고 병원으로 향했다. 구급대원은 정확한 화재 원인은 알 수 없지만 가스레인지에서 불이 옮겨 붙어 화재가 났고, 몸이 불편한 아버지가 불을 끄려다가 끓고 있던 라면 냄비가 앞으로 쏟아지면서 화상을 입은 것 같다고 했다. 마침 이웃 주민이 냄새를 맡고 신고해 불은 금방 끌 수 있었지만 아버지는 하반신 곳곳에 화상을 크게 입었다고 말했다.

아버지가 응급실 안으로 들어갔다. 준성은 간호사가 시키는 대로 입원수속을 밟고 필요한 물건들을 사서 나르느라 정신이 없었다. 담당 의사는 현재 생명에는 지장이 없으나 화상 범위가 넓고 뇌졸중 병변이 있는 노인이라 입원치료를 하면서 경과를 지켜봐야 할 것 같다고 말했다. 준성은 아무런 생각도 할 수 없었다. 그저 응급실 입구에 앉아 명멸하는 구급차의 불빛을 바라보거나 술렁이며 들어오는 환자들을 멍하니 쳐다볼 뿐이었다.

수년 전 학교 수업 중에 아버지가 쓰러졌다는 연락을 받고 병원으로 달려왔던 때 생각이 났다. 공사 현장에서 쓰러진 아버지는 곧바로 병원으로 실려 왔지만 고등학생이던 준성이 할 수 있는 건 형을 기다리는 일 뿐이었다. 군대에 있던 형이 휴가를 받아 나왔고 형 역시 아는 것이 없기는 마찬가지였다. 간병인 아줌마 손에 아버지를 맡기고 형제는 불안한 마음으로 병원과 집을 오가며 치료비와 간병비를 궁리해야만 했다.

준성은 그때 처음으로 대출이 끼어 있는 13평 아파트 하나가 자기네 전 재산이라는 걸 알게 되었다. 팔아봤자 경기 외곽의 전세 보증금에도 미치지 못할 액수였다. 그리고 가장이 아프면 집안이 어떻게 흔들리는지도 알게 되었다. 아버지가 왕래하는 친척들은 아무도 없었다. 형은 집을 담보로 천만 원을 빼내 병원비를 충당했다.

아버지는 한 달 만에 퇴원할 수 있었다. 아버지가 다시 일을 시작하고 조금씩 일상생활을 해 나갈 무렵 형이 제대를 했다. 얼마 후 형은 아버지 몰래 집을 담보로 대출을 받아 괌으로 떠났다. 군대에서 알게 된 선임과 핸드폰 장사를 하겠다는 이유로. 대출이자와 아버지는 온전히 준성의 몫으로 남았다.

저녁 무렵, 아버지 상태가 좋지 않아 중환자실로 옮겨갈 거라는 의사의 말을 들었다. 준성은 정신이 멍한 상태로 고개만 끄덕였다. 간호사가 아버지를 중환자실로 옮기면 가족 면회가 안 된다며 마지막으로 아버지를 보라고 말했다. 아버지는 얼굴과 가슴만 빼고 손과 허리 아래 부위가 온통 붕대로 감겨 있었다. 준성은 핏기 없이 누워 얼굴을 찡그리고 있는 아버지를 보니 눈물이 핑 돌았다. 화상은 쉬이 낫지 않는다는 걸 익히 들어 알고 있었지만 아버지가 화상 환자가 되리라곤 꿈에도 생각하지 않았다. 침대에 누워 화상 치료를 받다 보면 그동안 키워놓은 근육은 다 사라지고 걷는 기능 자체를 잃어버리는 건 시간문제였다. 그렇게 된다면 준성은 대리운전은커녕 24시간 내내 꼬박 아버지 곁을 지켜야 할지도 몰랐다.

준성은 중환자실에서 나와 머리를 벽에 기대고 멍하니 서 있었다. 일과 간병을 어떻게 분배해야 할지 가늠이 되지 않았다. '한마음 케어'라고 쓰인 초록색 티셔츠를 입은 여자가 지나가면서 준성을 힐끔 쳐다보았다. 저기요! 간병인이란 생각이 들자 준성은 저도 모르게 여자를 불러 세웠다. 가격이라도 알아두고 싶었다.

─간병인센터로 가보세요. 아래 2층에.

여자가 조선족 억양으로 고갯짓을 했다. 준성은 미로 같은 복도들을 지나 간병인센터를 찾아갔다. 데스크에 앉은 여자가 무슨 일로 오셨냐며 사무적으로 물었다. 준성이 사정을 이야기하자 여자가 녹음한 내용을 틀어놓듯 입을 열었다.

─하루 보통 10만 원인데 환자상태에 따라 좀 달라요. 대소변 수발을 해야 하는 와상환자면 일이만 원 더 주셔야 하고, 남자 간병인이나 한국인 간병인 쓰시려면 더 기다려야 하고요. 한 달 단위로 쓰시면 간병인 코로나 검사 비용은 저희가 부담하지만 그 이하로 쓰시면 환자 가족이 부담해야 하는데 얼마나 쓰시게요?

준성은 선뜻 계산이 서질 않았다. 대리운전을 하면서 300만 원이 넘는 간병비를 대는 건 무리였다. 하루 종일 쉬는 날 없이 대리운전을 뛴다 해도 불가능한 일이었다. 거꾸로 준성이 오롯이 간호를 맡는다면 생활비와 병원비를 어찌해야 할지 한숨이 절로 나왔다. 준성은 다시 중환자실 앞으로 걸어와 의자에 앉았다. 비상금으로 붓고 있던 적금을 헐어야 하나, 머리를 뒤로 젖히고 고민하는 중에 문자 알림이 떴다. 국시원에서 보내온 문자였다. 준성은 떨리는 마음으로 문자를 클릭했다.

박준성(49023) 님께서 응시하신 제48회 물리치료사 국가시험에 불합격하셨습니다.

11

명주는 마트에서 시간을 오래 지체했다. 가격을 비교하고 조금이라도 싼 것을 고르느라 진열대 앞에서 한참을 서성였다. 애써 고른 식빵과 사과, 두부와 달걀을 바구니에 집어넣다가 문득 우유 진열대 거울에 비친 자신의 모습을 보았다. 희끗희끗한 머리에 푸석한 얼굴, 튜브처럼 부푼 어깨와 가슴을 가진 늙지도 젊지도 않은 여자가 서 있었다. 주름진 이마 아래 인색하고 무의미로 가득 찬 눈빛은 이내 들고 있는 바구니 안으로 떨어져 내렸다. 명주는 순간 뭔가를 깨닫기라도 한 듯 얼굴이 훅 달아올랐다. 고작 이런 것들을 먹자고, 이것들을 먹고 몇 날이라도 더 살자고 엄마를 미라로 만들어놓고 연금을 쓰고 있구나 생각하니 자신이 너무 한심스러웠다. 당장 집으로 돌아가 이런 구차한 삶 따윈 그만 끝내버리고 싶었다.

수치심에 바구니를 내려놓고 그대로 마트를 나와 집으로 향했다. 빠른 걸음으로 집을 향해 걷는데 차가운 바람을 뚫고 마음속에 묻어두었던 말마디가 자신을 막아 세웠다. 엄마를 미라로 만들면서 스스로에게 뇌까린 말들이었다. 이건 세상이 내게 준 모욕과 멸시에 대한 보상이야. 이 세상이 내게 갚아야 할 빚이야. 사죄야. 명주는 마음이 비로소 흡족하다 느껴질 때까지 보상받으리라, 그때에야 미련 없이 가리라 결심했었다. 하지만 지금 명주는 고개를 세차게 내젓고 있었다. 자신이 원한 것은 그렇게 거창하고 대단한 것이 아니라는 것을 알았기 때문이었다. 자신이 원한 것은 그저 한 끼의 소박한 식사, 겨울 숲의 청량한 바람, 눈꽃 속의 고요, 머리위로 내려앉는 한 줌의 햇살, 들꽃의 의연함, 모르는 아이의 정겨운 인사 같은 것들이었다. 자신이 아직은 더 보고 싶고 느껴보고 싶은, 아직은 죽지 않고 살아 있고 싶은 이유였다.

명주는 1월의 매섭게 부는 바람을 맞고 집으로 돌아왔다. 문 앞에 놓여 있는 상자를 보고 또 진천할아버지가 다녀간 모양이라고 생각했다. 상자 안에는 알이 굵고 잘 익은 대봉감이 들어 있었다. 마음이 무거웠다. 방 안으로 들어서니 기다렸다는 듯 집전화가 울어댔다. 서둘러 받으니 이미 끊어졌다. 잠시 후

다시 전화가 걸려왔다. 웬일인지 아무 말도 없이 끊어버렸다. 엄마를 찾는 전화일까. 진천할아버지가 엄마의 퇴원 여부를 확인하려 집으로 전화를 걸어본 것일까.

명주는 샤워를 하고 옷을 갈아입은 뒤에도 기분이 꺼림칙했다. 아무래도 진천할아버지 돈을 빨리 매듭짓는 게 좋겠단 생각이 들었다. 명주는 손에 끼고 있던 금반지를 무심코 만지작거리다 왜 이제야 그 생각을 하게 됐는지 자신을 책망했다. 금반지는 엄마가 정신이 온전하던 때 직접 손가락에서 빼 명주에게 준 순금 쌍가락지였다. 내가 누군지도 모르는데, 이딴 게 다 무슨 소용이야. 엄마는 네가 갖고 있다 필요할 때 쓰라며 빼주었다. 명주는 지금이 바로 그때라고 생각했다. 금 시세가 좋아 돈을 약간 보태면 100만 원을 맞출 수 있을 것 같았다. 겉옷을 챙겨 입고 집을 나서는데 엄마 폰으로 문자가 들어왔다.

오늘은 기분이 좀 어떻소?
마트에 갔다가 대봉감을 보니
황 여사 생각이 나서 문앞에 놓고 갑니다.

명주는 한숨이 절로 나왔다. 할아버지는 최근 들어 손가락

연습이라도 하는지 하루에도 수차례 문자들을 보내왔다.

제주도에 물회가 맛있다고 합디다. 전복물회에 한치튀김 하는 집.
내가 적어놨으니 이 집에도 꼭 가봅시다.

테레비에서 봤소. 제주에 말뼈가루로 만든 말꽝환이라는 게 있대요.
관절에 그렇게 좋다는데 왜 이제야 알았는지.

공원을 걷다 보니 가로등 기둥에 누가 이렇게 써 붙여두 었소.
오늘이 가장 좋은 날.
그런데 두 바퀴째 돌 때 보니 내가 잘못 읽은 거였소.
오늘이 가장 젊은 날이었소.

명주는 핸드폰을 닫고 바로 금은방으로 향했다. 이상하게 마음이 복잡했다. 이제는 만날 수도 없는 두 노인에게 뭐 하는 짓인가 싶어 화가 나기도 하고, 할아버지를 떼놓자니 어쩔 수 없다 하면서도 망설여졌다. 명주는 시장 골목에서 바로 보이는 금은방으로 들어가 반지를 내밀었다. 주인은 100만 원이 조금 못 되는 돈을 내주었다.

명주는 할아버지에게 전화를 걸어 댁이 어딘지 묻고 돈을 가져다주려 했다. 그런데 그건 왠지 엄마가 퇴원할 날만 기다리고 있을 할아버지에게 너무 잔인한 선고 같아 조금 미루기로 했다. 할아버지가 찾아올 때 돈을 건네주는 게 나을 것 같았다. 엄마가 점점 건강이 안 좋아져 그 돈을 돌려주라고 했다고 하고, 당분간 퇴원은 힘들 것 같다는 말을 해야겠다 생각했다. 진천할아버지가 엄마를 찾아오지 않게 하는 건 이 방법밖에 없었다. 진천 할아버지가 하루에 서너 번씩 보내오는 문자도 감당하기 힘들었다.

그러다 문득 진천할아버지는 도대체 엄마의 어떤 점이 좋았을까 궁금했다. 퉁명스럽고 사근사근한 맛이라곤 없는 엄마인데. 엄마 또한 진천할아버지가 좋았을까? 아버지와의 결혼생활에선 맛보지 못한 행복을 느꼈을까?

명주는 엄마가 돌아가시지 않았더라면 두 분은 분명 제주도에 가는 비행기에 올랐을 거란 생각이 들었다. 엄마의 치매가 급격히 진행되지 않았더라면 엄마는 할아버지와 비행기에 올라 놀라하는 할아버지의 손을 단단히 잡아주었을 것이다. 제주도로 날아가 깨끗한 방을 잡아놓고 택시를 대절해 이곳저곳을 즐겁게 돌아다니셨으리라. 싱싱한 물회와 전복, 흑돼지 고기를 사 먹고 일출봉과 해녀를 구경한 다음, 귤과 한라봉을 한 박스씩 사서 돌아왔을 것이다. 관절염에 좋다는 말 꽝환까지. 하지만 엄마가 돌아가시고 없는 지금, 이제 와 그런 생각이 다 무슨 소용일까 싶었다.

명주는 집으로 돌아와 작은방으로 들어갔다. 기온이 낮아지면서 방 안엔 냉기가 더 돌았다. 이상한 냄새가 섞여 든 이후로 명주는 냄새를 잡는 데 더 신경을 썼다. 탈취제를 방 안뿐 아니라 나무관 안에도 매일 뿌려주었다. 나무관 뚜껑을 열었다. 고치처럼 누워 있는 엄마의 형상은 언뜻 보아선 어제 그대로였다. 하지만 자세히 보니 부분 부분 미세하게 함몰된 곳이 보였다. 가슴이 쿵 내려앉았다. 안에서부터 급격히 부패가 시작되고 있는 건 아닐까 마음이 조여왔다. 창문을 열어 환기를 한 후 공기청정기 상태를 다시 확인했다. 명주는 구석구석 꼼꼼히 소독약을 뿌리다 우뚝 멈춰 섰다. 그리고 스스로에게 물었다. 언제까지 이렇게 할 수 있을까. 도대체 언제까지. 그리고 그런 의문은 이제 어떤 식으로든 엄마를 매장해야겠다는 결론에 다다랐다.

간단히 요기를 하고 잠자리에 들려는데 다시 집전화가 울렸다. 명주는 할아버지일까 싶어 수화기를 들었다. 들려온 건 낯선 남자의 목소리였다.

―알고 있지. 당신이 저지른 죄를.

처음 들어보는 목소리였다. 남자는 그 두 마디를 하고는 전화를 끊었다. 나의 죄를 알고 있다니. 누가? 명주는 놀라 입을 벌린 채 멍하니 서 있었다. 도대체 누가 내 죄를 안다는 거야? 명주는 두근거리는 가슴을 눌러 참았다. 잘못 걸려온 전화라 생각하고 무시하려 했다.

오 분쯤 후에 다시 전화가 왔다.

―니 죄를 알고 있다니까.

남자가 시비를 걸듯 피식 웃기까지 했다. 명주는 바로 전화를 끊었다. 전화기를 들었던 손이 떨려왔다. 머릿속으로 사체 은닉, 연금부정수령 같은 단어들이 불쑥 떠올랐다. 장난 전화는 아닌 것 같았다. 누구일까. 문득 한 남자, 기훈이 떠올랐지만 아무리 생각해도 그의 목소리는 아니었다. 기훈은 명주가 백화점 구두 매장에 다닐 때 잠시 알고 지내던 남자였다. 명주가 이제 그만하자고 말했을 때 손목을 그어 죽겠다며 위협했고, 경찰의 접근금지명령에도 몇 번씩 찾아와 행패를 부렸다. 명주가 차 안에 번개탄을 피워놓고 같이 죽어버리자고 하고

서야 그는 물러났다. 명주는 전화 속 남자가 아무래도 기훈일 것만 같아 한밤 내내 이리저리 뒤척이며 잠을 이루지 못했다.

　명주는 부숭부숭한 얼굴로 잠에서 깼다. 쓰레기를 버리러 밖에 나왔다가 702호와 마주쳤다. 702호는 꾸벅하며 인사를 해왔다. 그도 잠을 설쳤는지 머리가 뻗쳐 있고 얼굴이 부스스해 보였다. 그런데 눈길을 피하듯 바로 문을 닫고 들어가 버렸다. 분명 무슨 볼일이 있어 나온 것일 텐데 이상했다. 명주는 지난밤 전화를 건 남자가 702호는 아닐까 하는 생각이 머리를 스쳤다. 엄마와 오래 친하게 지냈다니 집 전화번호쯤이야 충분히 알 만했다. 그런데 왜? 뭔가 눈치라도 챈 걸까? 명주는 언젠가 702호가 에어컨 실외기에 대해서 물었던 기억이 났다. 이제 에어컨도 켜지 않으니 의심할 만한 일이라곤 없었다. 무언가 또 다른 게 있었을까? 엄마를 너무 방 안에만 두어 의심이라도 든 걸까? 하지만 제 아버지 건사하기도 바쁜 사람이 굳이 장난전화를 걸어 남의 일에 참견하고 싶을 것 같지는 않았다.

　명주는 뒤늦게야 화상으로 입원한 702호의 아버지에 대한 안부조차 묻지 않았단 생각이 들었다. 얼마나 치료가 됐는지 언제 퇴원 예정인지. 명주 자신이 화상 후유증으로 그렇게 고

생하고 있으면서도 그간 너무 무심했단 생각이 들었다. 하지만 다시 문을 두드려 물을 수는 없었다.

명주는 쓰레기봉투를 들고 밖으로 나왔다. 쓰레기장에서 재활용 쓰레기 분리를 하고 있던 경비원이 인사를 했다. 경비원들 중 비교적 젊은 축에 속하는 중장년 남자였다. 명주도 고개를 꾸벅하며 쓰레기를 버리고 돌아서려는데 경비원이 박스를 정리하다가 힐끔 명주를 쳐다보았다.

어딘가 낯이 익었다. 명주는 순간 의심이 들면서도 언젠가 저 경비원을 본 일이 떠올랐다. 한 달 전, 그는 경비원 재계약 건으로 무슨 도장인가를 받아 간 일이 있었다. 명주가 사인을 하고 문을 닫으려는데 요즘 할머니가 안 보이신다며 어디 편찮으시냐고 물었다. 잠깐 친척집에 갔다고 둘러대긴 했지만 어딘가 석연치 않은 표정을 지었다. 할머니가 인정이 많으셔서 명절 같은 때 경비실에 꼭 먹을 걸 챙겨주고 그러셨거든요. 언제부턴가 얼굴이 통 안 보이셔서……. 명주는 어색한 웃음을 지으며 문을 닫았다.

경비원의 의심쩍어하는 표정이 마음에 걸렸다. 혹시 저 경비원? 엄마가 오랫동안 보이지 않는 것에 의심을 품고 명주의 행동을 지켜보다 뭔가 수상한 점을 느꼈을지도 몰랐다. 경비원이라면 엄마 집 전화번호야 쉽게 알 수 있을 테고 전화를 걸어 뭔가를 알아보려 한 것일 수도 있었다. 혹여 그동안 버린 쓰레기에 눈치를 챌 만한 것이 있었을까? 명주는 얼른 고개를 돌려 집으로 돌아왔다.

명주는 집 안에 들어와서도 내내 기분이 개운치 않았다. 702호와 경비원, 누구라도 의심이 가는 구석이 있었다. 시간이 더 지체되면 진천할아버지는 물론, 마트 점장까지도 의심하게 될지 몰랐다. 다시 또 전화가 걸려온다면 어떻게 해야 할까. 만나자고 해야 할까? 돈을 준다고 할까? 딱히 해결 방법이 생각나지 않았다. 그리고 두려웠다. 언제고 자신이 한 일이 세상에 드러날까 봐, 법정에 서서 자신이 한 짓을 낱낱이 고해야 하는 날이 올까 봐.

명주는 밤에 혼자 있는 것이 무서웠다. 전화가 걸려올까 쓸데없이 자꾸만 전화기를 쳐다보았다. 전화 코드를 빼버릴까 생각했지만 그건 더 큰 의심을 살까 싶어 그대로 두었다. 작은방을 열어보기도 겁이 났다.

가슴이 벌렁거려 서랍 속을 뒤져 신경안정제를 찾았지만 다른 약들뿐이었다. 담배가 피우고 싶어 점퍼를 걸치고 비상구 밖으로 나갔다. 가슴이 갑갑할 때 동네가 모두 내려다보이는 비상구 계단에 서면 가슴이 후련해졌다.

밤바람이 제법 차가웠다. 북극성 같은―어쩌면 인공위성

일─별이 밝게 반짝이고 있었다. 대체 뭘 두려워하는 거니. 여차하면 서랍 속의 약을 집어삼키고 가기로 했으면서. 세상에 드러날 일들이 두렵니? 법정에 서는 게 두려워? 그렇게 되기도 전에 너는 이미 이 세상 사람이 아닐 텐데. 자신 안의 또 다른 자신이 말하고 있었다. 그러자 조금 전의 두려움이 연기처럼 흐려지다 사라졌다. 담배를 한 대 피우고 들어가려는데 비상구 문 앞에 702호가 서 있었다.

─어! 여긴 어떻게?

명주가 놀라 물었다.

702호가 고개를 꾸벅했다. 그러곤 어깨를 살짝 부딪치며 말도 없이 밖으로 나갔다. 명주는 뭔가로 머리를 한 대 맞은 기분이었다. 자신만의 비밀장소를 들킨 기분이랄까. 명주는 다시 한번 돌아본 뒤 집으로 들어왔다. 뭔가 이상했다. 702호가 어딘가 변한 것 같았다. 사근사근함이 사라졌달까? 명주는 고개를 갸웃하며 방금 전 그의 모습을 떠올려보았다. 스치듯 본 것일 뿐이지만 어딘가 초췌하고 수척한 얼굴에 수염조차 깎지 않은 듯했다. 내일은 한번 말을 붙여보리라 생각했다.

다음 날 늦은 아침, 잠에서 깼을 때 집전화가 울렸다. 망설이다 수화기를 드니 다시 그 목소리였다.

―어젯밤은 잘 주무셨나?

명주는 얼굴로 피가 확 쏠리는 것을 느꼈다. 상대가 분명 뭔가를 알고 있다는 생각이 들었다.

―원하는 게 뭐예요? 뭘 안다는 거예요?

명주는 긴장을 억누르고 물었다. 상대가 누구든 만나서 해결해야 할 것 같았다. 남자는 무슨 생각을 하는지 잠시 뜸을 들였다.

―진작 그렇게 나왔어야지.

남자는 제 뜻대로 되어간다는 듯 피식 웃고는 전화를 끊었다.

명주는 갑갑했다. 상대방이 무얼 알고 있는지 돈을 요구한다면 얼마를 요구할지 아무것도 몰랐다. 만약 돈이 아닌 다른 걸 요구하는 거라면 어떻게 해야 할지 온갖 생각들이 머릿속을 어지럽혔다. 명주가 가진 거라곤 진천할아버지에게 주려고 마련한 돈 100만 원이 다였다. 매달 나오는 연금을 원할 수도 있다 생각하니 머리카락이 쭈뼛 섰다. 혹시 은진과 남자 친구가 벌인 일은 아닐까? 명주는 그 조합에도 의심이 갔지만 이내 고개를 내저었다. 억지로 다시 잠을 청했지만 좀처럼 잠을 이룰 수가 없었다.

명주는 하루 종일 집 안을 서성거렸다. 아무 일도 손에 잡히지 않고 마음만 조급했다. 저녁 무렵, 전화가 두렵기도 하고 발바닥 통증도 심해 밖으로 나갔다. 약국에서 진통제를 사먹고 거리를 돌아다녀도 기분이 좀처럼 나아지지 않았다. 잠을 자지 못해 피곤이 누적된 데다 추위에 온몸이 얼어붙어 할 수 없이 집으로 돌아왔다.

이불을 깔고 잠을 자려는데 집전화가 울렸다. 명주는 벨소리가 울리도록 내버려두었다. 열 번이 넘도록 울린 후에야 할 수 없어 수화기를 들었다.

남자가 피식 웃는 소리를 냈다. 온종일 전화가 없어 잊었나 싶었는데 아닌 모양이었다. 명주는 아무 말도 하지 않고 남자의 반응을 기다렸다. 남자가 콧숨이 섞인 작은 신음을 내뱉기 시작했다. 커다란 벌레가 팔뚝을 타고 기어오르는 것만 같았다. 명주는 전화기를 귀에서 멀리 떼었다. 가슴이 방망이질을 해댔다. 보험회사 콜센터에 다닐 때 이런 진상들을 수없이 겪고도 면역이 되질 않았다. 이런 고객들에게 대처하는 회사 매뉴얼은 아무 도움이 되지 않았다. 명주는 어떤 식으로 대처를 할까 하다 이번에야말로 매뉴얼대로 해보기로 했다.

—사랑합니다. 고객님, 무엇을 도와드릴까요?

명주는 상냥한 목소리로 분위기를 띄웠다. 순간 남자가 당황해 숨소리가 뚝 멈췄다. 남자는 이내 안정을 찾고 혼자 킥킥거렸다.

—사랑한다고? 흐흐흐. 그럼 우리 제대로 해볼까, 사랑?

남자는 쉰 듯한 목소리로 느물거렸다.

—그것 좀 한번 주지 그래? 사랑한다며.

명주는 순간 신고할 테면 신고해보란 배짱이 솟았다. 처음엔 엄마 때문인가 싶어 긴장했지만 어차피 끝인 마당에 이깟 놈에게 쫄긴 싫었다. 지금껏 시달린 시간만도 아까웠다. 다시 목소리를 다듬었다.

—고갱님, 무얼 달라는 말씀이신지, 저희가 드릴 수 있는 건 보험 상품 안내뿐인데요. 어떤 보험 상품을 알려드릴까요?

—야! 니 보지 맛 좀 한번 보여달라고! 쌍!

—고갱님, 보험 상품 중에 고갱님께 딱 맞는 상품이 하나 있는데 알려드릴까요?

명주는 숨을 골랐다.

—자지가 서질 않아 여자 목소리라도 들어야 꿈틀거릴까 말까 하는 분께 딱 맞는 상품이 하나 있긴 있습니다마는.

남자가 잠시 멈칫하는 듯했다. 명주는 틈을 주지 않고 밀어붙였다.

—이 밤에 전화 돌릴 손가락 힘이라도 있으면 달밤에 나가 체조라도 하지 그래? 그래야 혈액순환이 돼서 안 서는 좆에

피가 돌 거 아냐. 야, 이 개새끼야. 한 번만 더 전화해서 그 더러운 주둥이를 놀렸다간 경찰에 신고해서 혀뿌리, 좆뿌리가 다 썩도록 콩밥을 먹여줄 테니까 어디 한번 또 걸어봐, 씨발. 이 병아리 좆만큼도 안 되는 새끼야!

명주가 한바탕 쏟아내고 있는데 귓가에 뚜뚜뚜 하는 신호음이 들렸다. 전화는 어느새 끊겨 있었다. 명주는 가슴을 들썩이며 씩씩거렸다.

─감히 나를 건드려?

명주는 지금까지 자신을 욕받이로 만들었던 온갖 진상들을 향해 실컷 욕을 퍼부은 기분이었다. 담배를 피우며 분노를 삭이는 건 제 몸만 태울 뿐이었다. 건물 옥상에 올라 떨어져 죽어도 회사는 눈도 깜박하지 않는다는 걸 알고 있었다. 소변 보러 갈 시간조차 감시하며 하루 백 통의 콜을 소화하라 쪼아대는 이들이었으니. 회사가 보호해주지 않는다면 스스로 강해지는 수밖에 없었다. 이에는 이, 눈에는 눈. 명주는 이제야말로 진상들을 퇴치하는 확실한 매뉴얼을 얻었다는 생각이 들었다.

12

준성은 어렵게 의사와의 전화면담을 신청했다. 아버지는
중환자실에 있어 면회가 되지 않았다. 코로나로 인한 조치라
고는 하지만 가족 면회조차 금지하는 건 심하다는 생각이 들
었다. 목숨이 촌각을 다툴 때라야만 연락을 주겠다면 임종 시
에만 얼굴을 보란 소리였다. 의사는 삼사일 더 경과를 지켜보
면서 증세가 호전되면 일반병실로 옮길 예정이라고 했다. 초
조한 마음으로 무작정 연락을 기다리는 건 견디기 어려웠다.
어차피 아버지를 간호해야 할 형편이 아니라면 차라리 일을
나가는 게 나았다.

준성은 저녁을 간단히 먹고 의정부 쪽으로 나왔다. 금요일
은 콜이 많은 날이다. 코로나로 예전보다 콜이 줄었지만 다만

몇 시간이라도 밖에서 뛰고 싶었다. 지금의 상황을 잊기 위해서라도. 아무 콜이라도 좋았다. 준성은 자동으로 올라오는 콜을 그냥 잡았다. 운이 좋게도 안성으로 가는 장거리 콜이 걸렸다.

손님은 회식에서 막 빠져나와 부하 직원들의 배웅을 받고 있었다. 부하 직원들은 50대 연배의 중년 여자를 지사장이라 불렀다. 고급스러운 밤색 코트를 입은 손님은 차에 올라타자마자 편안한 음성으로 입을 열었다.

―추운데 좌석에 히터 켜고 가시죠.

여자는 준성이 앉은 운전석의 히터를 눌러 켜주었다.

―감사합니다.

준성은 장거리 콜로 받은 손님이 점잖고 친절하기까지 해 기분이 좋았다. 손님은 안성에 홀로 사는 아버지를 뵈러 가는 길이라고 했다. 바빠서 한 달에 한 번밖에 못 가는데, 회식이 있어 미루려다가 한 달 내내 이날만 기다린다는 걸 알기에 늦어도 가는 길이라고 했다.

―혹시, 아버님이 계신지 물어봐도 될까요?

손님은 조심스럽게 물었다.

―네, 그럼요. 지금쯤 텔레비전 앞에 목을 빼고 앉아 계실 거예요. 미스터트롯 장민호 열성팬이시거든요.

준성은 아버지가 집에 계셨다면 하고 있었을 모습을 상상하며 말했다.

—어머, 장민호요? 저희 아버지도요.

손님은 반색하며 관심을 보였다. 아버지도 좋아하지만 자기야말로 팬 카페까지 가입한 찐팬이라고 했다. 아이들이 엄마도 참 주책이라며 놀려대지만 누굴 이렇게 미치도록 좋아해본 적이 얼마 만인지 모르겠다며 웃었다.

—저희 아버지도 하루 종일 리모컨을 들고 그 사람 나오는 것만 보세요.

—혹시 기사님도 좋아하는 가수가 있나요?

—저는 임영웅요.

준성은 대답했다. 이 말 역시 사실은 아니었다. 하지만 두 시간이나 되는 장거리를 어색한 침묵 속에 가느니 적당한 거짓말로 지루한 시간을 때우며 가는 건 비교적 쉬운 일에 속했다. 옆자리에 앉아 슬며시 넓적다리로 손을 뻗쳐오는 변태손님들을 상대하는 것에 비하면.

—어머, 특이하시다. 우리 애들은 트로트라면 치를 떠는데.

손님은 말하면서 후후 웃었다. 준성도 사실 아버지가 자나깨나 틀어대는 트로트에 구토가 날 지경이었다. 아버지가 좋아하니까 참는 것뿐이었다. 그렇게 이어진 대화는 안성에 도착하도록 끊이지 않았다.

도착지는 전원주택이 드문드문 지어진 안성의 외곽이었다. 손님은 대리비 8만 원에 만 원을 더 얹어주며 택시를 타고 가라고 했다. 외진 곳이라 타고 나갈 차가 없을 거라며. 준성은 거듭 고맙다고 인사했다. 한 대리기사가 시골 별장에 손님을 태워주고 산길을 내려오다 들개를 만났단 얘기를 들었던 터라 집으로 돌아갈 일이 걱정되던 참이었다. 병원에서도 언제 호출이 올지 몰라 신경이 쓰였다.

시계를 보니 밤 열 시가 넘어 있었다. 속바지를 껴입은 다리 사이로 칼바람이 바늘처럼 꽂혀 들었다. 준성은 깊은 밤 허허벌판에서 그 바람을 맞고 있자니 마치 얼어붙은 강 한가운데서 인내력 테스트를 받고 있는 기분이었다.

준성은 택시를 불러 타고 안성 터미널로 나왔다. 의정부에서 두 시간여를 달려 안성으로 내려왔으니 이제 다시 위로 올라가는 콜을 잡고 이곳을 빠져나가야만 했다. 준성은 근거리에 콜이 있을까 싶어 재빨리 자동 콜을 눌렀다. 자동 콜은 1킬로 근방 가장 가까이에 있는 기사에게 자동으로 콜이 연결되는 장치였다. 그런데 이게 웬일인가. 서울 가락동으로 올라가는 6만 원짜리 콜이 연결되었다. 대리기사들 사이에 '따당'이라 불리는 흔치 않은 행운이었다. 준성은 기분이 좋왔다. 그저 안성에서 벗어나기만 바랐는데 서울로 올라가는 콜을 단번에 잡았으니. 오늘은 정말 운이 좋았다. 콜 두 번에 14만 원, 20퍼센트 수수료를 뗀다 해도 벌써 11만 원을 번 셈이었다. 하루 목표액이 5만 원인 그로선 최고의 수입이었다.

손님은 가락시장에서 양파를 경매하는 상인이었다. 고향 친구의 결혼식에 참석했다가 돌아가는 길이라고 했다. 40대 후반의 트럭 차주는 코로나로 바닥을 치고 있는 시장 경기와 양파값에 대해 침이 튀도록 열변을 토했다. 준성은 손님의 크고 걸걸한 목소리 때문에 오는 내내 귀가 얼얼했지만 지루할 새 없이 고속도로를 달려 한 시간 십여 분 만에 목적지에 도착했다.

손님은 1톤 트럭 뒷좌석의 어지러운 잡동사니들 속에서 캔커피 하나를 어렵게 찾아 준성에게 건넸다.

—나는 중학교밖에 안 나왔지만 열심히 하다 보니 시장에 점포도 하나 마련했고, 부자는 아니어도 먹고살 만해요. 고생한 끝은 있더라고요.

트럭 주인은 부끄러운 듯 씩 웃어 보였다. 그리고 술 취한 자신을 여기까지 태워다 줘서 고맙다며 준성보다 더 깊이 머리를 숙여 인사했다. 대리 고수들 중 누군가 이런 말을 했었다.

겪어보니 인간들 중 8할은 보통 사람이고, 1할은 뼛속까지 못된 사람, 1할은 좋은 사람이라고. 준성은 방금 그 1할의 좋은 사람 한 명을 태우고 온 것 같았다.

　시계는 열한 시 사십 분을 지나고 있었다. 준성은 배가 고파 편의점에서 컵라면을 사 먹고 다시 폰을 들여다보았다. 아버지는 어쩌고 계실까 걱정되었다. 목소리라도 듣고 싶어 초저녁 무렵 전화를 걸었을 때 간호사는 아버지가 주무시고 계신다고 했다. 생식기 주변에 화상이 심해 소변을 보실 때 힘들어한다는 말을 듣고 준성은 마음이 아팠다. 눈물이 막 나올 것 같아 어금니를 꽉 물고 다른 생각을 했다.

　열두 시가 되자 폰에 올라오는 콜 수가 급격히 줄었다. 날씨도 춥고 어서 집으로 가고 싶었다. 준성은 가락시장 지하철 역사 안으로 들어가 집으로 가는 마지막 콜을 기다렸다. 십 분쯤 지나 의정부 방향 콜이 떴다.

　준성은 전화를 건 후, K관광호텔 지하의 주차장으로 향했다. 손님은 30대 후반의 키가 큰 남자로 증권이나 금융업계에 다닐 것 같은 세련되고 깍듯한 이미지였다. 그는 검정색 더블코트를 입고 은회색 벤틀리 앞에 서 있었다. 준성은 잠시 긴장했다. 대리기사들 중엔 행여 일어날지 모를 사고 때문에 고가의 외제차를 꺼리는 사람도 있다는 얘길 들어서였다. 준성도 벤츠는 많이 몰았지만 벤틀리는 처음이었다. 다른 기사를 부르라 할까 잠시 망설이다 한 번쯤 몰고 싶은 생각이 들었다. 오늘은 처음부터 운이 좋았으니 마지막도 그럴 것 같았다. 눈비가 오는 날도 아니고 게다가 집으로 가는 방향이다. 준성은 긴장이 되면서도 아닌 척 담대한 표정을 지었다. 잘 부탁합니다. 손님은 차 키를 건네며 말했다. 의례적인 말인지 준성의 긴장된 표정을 보고 하는 말인지 알 수 없었다.

─네, 알겠습니다.

준성은 깍듯하게 말하고 차에 올랐다. 손님은 뒷좌석에 앉아 집에 도착할 때까지 한마디도 하지 않고 가방에서 꺼낸 서류를 들여다보았다. 가끔은 핸드폰으로 누군가와 일에 관한 통화를 하기도 하고 고개를 뒤로 젖히고 눈을 감고 있기도 했다.

준성은 평소보다 긴장을 하고 차를 몰아서인지 뒷목이 뻣뻣했다. 목적지에 도착했을 땐 안도의 한숨이 절로 나왔다.

─지하주차장으로 가주세요.

손님은 차에 탄 이후로 처음으로 입을 열었다. 준성은 주차장으로 들어서자 한결 긴장이 풀렸다. 주차만 하면 오늘 일과는 이걸로 끝이었다. 아버지에게는 미안하지만 오늘은 집에 들어가는 길에 맥주를 사 갈 생각이었다. 텔레비전 앞에 앉아 맥주 캔을 따고 첫 모금을 들이켤 때의 짜릿함이 벌써부터 그리웠다. 준성은 손님이 가리키는 자리로 둥글게 호를 그리며 벤틀리의 뒤꽁무니를 밀어 넣기 시작했다. 부드럽게 핸들을 풀며 직선으로 들어가던 그때, 감전이라도 된 듯 손목이 찌릿했다. 준성은 저도 모르게 움찔하며 무언가를 살짝 밟은 듯했다. 순간 벤틀리의 왼쪽 후면이 기둥을 들이받고 연달아 문짝을 쭉 긁으며 주차 턱에 걸려 들썩하며 멈췄다. 급발진이라도 일어난 것 같았다.

─뭐얏! 씨발.

차주의 입에서 욕이 튀어나왔다. 준성은 차주에게 따귀라도 맞은 듯 머릿속이 얼얼했다. 잠시 눈앞이 깜깜해지며 아무것도 보이지 않았다. 차주가 문을 벌컥 여닫는 소리가 들렸다. 준성도 차주를 따라 급히 차에서 내렸다. 벤틀리는 왼편 뒤쪽 범퍼가 움푹 파이고 앞뒤 문이 긁혀 있었다. 준성은 사고를 보고도 믿기지가 않았다. 재차 머리를 숙여 죄송하다고 사과를 하면서도 무얼 어떻게 해야 할지 판단이 서질 않았다.

─에이 씨. 이 아저씨가 정말.

차주는 곧바로 준성의 멱살이라도 틀어쥐며 달려들 듯했다. 그는 너무 어이없고 기가 차 말이 안 나오는지 준성을 쳐다보기만 했다. 그건 준성도 마찬가지였다. 차주는 차량이 파손된 정도를 확인하며 잔뜩 구겨진 얼굴로 보험사에 전화를 넣었다. 준성 역시 그제야 대리업체에 전화를 걸고 사고 상황을 전해야 한다는 것을 깨달았다.

양쪽 보험사에서 사람들이 속속 도착해 사진을 찍고 사건을 접수한 뒤에도 준성은 어떻게 해야 할지 몰라 제자리에 서 있었다. 보험사 직원이 준성에게 일단 집으로 돌아가 연락을 기다리라고 했다. 준성은 다시 한번 차주에게 머리 숙여 사과했지만 차주는 눈길조차 주지 않았다.

준성은 찬바람이 이는 주차장을 터덜터덜 걸어 나왔다. 폭탄을 맞아 머리 뚜껑이 날아가고 뇌수가 줄줄 밖으로 흘러나오는 줄도 모른 채 걸어가고 있는 기분이었다. 한번 들어가면 영원히 빠져나올 수 없는 구멍으로 들어가 숨고 싶었다. 세상은 이런 무시무시한 일이 벌어지는 곳이란 걸 왜 아버지는 한번도 말해주지 않은 걸까, 원망스럽기만 했다. 다리는 준성의 의지를 벗어난 채 움직이고 있었다. 아무것도 보이지 않고 아무것도 들리지 않았다. 다만 실오라기 같은 희망이 있어, 매달 내는 대리기사 보험료 14만 원이 이 엄청난 사고로부터 자신을 보호해주기를 간절히 바랄 뿐이었다.

13

 명주는 진천할아버지 문자가 나흘째 오지 않아 궁금했다. 매일 서너 번씩 오던 문자가 오지 않으니 무슨 일이 생겼나 싶어 오히려 기다려졌다. 100만 원도 어서 돌려드리고 싶었다. 명주는 문자를 남기려다 직접 전화를 걸어보기로 했다. 전화로 사정을 말하고 돈을 직접 돌려드리는 게 좋겠다 싶어서였다. 그러나 할아버지는 전화를 받지 않았다. 다시 한번 걸어보았지만 마찬가지였다. 나중에 다시 걸어보기로 하고 명주는 밖으로 나갔다.

 그새 발바닥 통증이 심해 약을 사다 먹고 며칠을 끙끙 앓았다. 하지만 약국에서 사 온 진통제는 용량을 초과해서 먹어도 효과가 없었다. 병원에서 처방해준 약을 먹고 싶었다. 명주는 엄마 신분증을 챙겨 들고 동네 정형외과를 찾았다. 동네 병원 간호사에게 대리처방을 부탁했다가 거절당한 경험이 있어, 이번엔 미리 전화를 걸어 엄마가 간 적이 있던 정형외과 병원을 찾았다.

—어디가 불편하셔서 오셨나요?

늘수그레하고 목소리가 탁한 60대 후반의 의사가 물었다.

—엄마가 치매로 거동이 불편하셔서 제가 대신 왔는데, 약을 좀 지어주실 수 있을까요?

명주는 의사를 바로 쳐다보지 못하고 빠르게 말했다.

—무릎하고 발목이 자꾸 쑤시고 아프다고 하셔서…….

의사가 모니터 화면을 바라보면서 자판을 두드리는 사이, 명주는 진료실 창문 밖으로 보이는 낡고 오래된 간판을 쳐다보았다.

—전에 오신 게 1년 반 전이네요?

의사는 약을 지어줄 수 없는 결격사유를 말하듯 물었다.

—모시고 오려고 했는데, 자꾸 안 가겠다고 고집을 부리셔서…….

명주는 말꼬리를 흐리며 고개를 숙였다. 자신이 생각해도 너무 뻔한 거짓말이라는 생각이 들었다. 네 엄마가 아니라 네가 아픈 건 아니냐고 의사가 물을 것만 같았다. 명주는 조금 더 단정히 차려입고 나올 걸 그랬나 옷차림을 내려다보았다. 그러곤 될 대로 되란 심정으로—아니 간절한 마음으로—진료실 진찰대 모서리만 뚫어져라 쳐다보았다. 만약 저 늙수그레한 의사가 원하는 것이 자신의 몸이라면 그것을 내주고라도 진통제를 처방받고 싶었다.

의사는 다행히 약을 처방해주기로 마음먹은 것 같았다.

—일단 예전에 드시던 걸로 사흘 치 처방해드리긴 하는데, 다음엔 힘드시더라도 꼭 모시고 오세요. 그래야 지어드릴 수 있으니까.

명주는 막다른 골목에서 의인을 만나기라도 한 듯 고개가 절로 숙여졌다.

—저 혹시 일주일 치 지어주시면 안 될까요? 제가 엄마만 두고 나오기가 힘들어서요.

명주는 너무 뻔뻔한 요구라는 걸 알면서도 말이 먼저 튀어나왔다. 의사는 어이없는 표정으로 명주를 쳐다보았다. 그러곤 냄새나는 똥을 빨리 치워버리려는 듯한 말투로 말했다.

—다음엔 꼭 모시고 오세요.

명주는 거듭 고개를 꾸벅이며 고맙다고 인사했다. 곧바로 약국으로 가서 처방전을 내밀었다.

잠시 후 약사는 엄마의 이름을 부르며 약봉지를 내왔다. 그리고 명주를 보고는 약봉지에 '술×'라고 적어주면서 약의 성분들에 대해 설명했다.

—진통제는 술하고 먹으면 안 되는 거 아시죠?

약봉지 상단에는 '황정애 76세'라고 쓰여 있었다. 명주는 모자와 마스크 속에서 피식 웃었다. 자신의 몰골이 엄마의 나이로 보일 만큼 형편없었던 모양이라고 생각했다. 명주는 그걸 증명해 보이기라도 하듯 그 자리에서 한 봉지를 뜯어 물과 함께 삼켰다.

집에 돌아와 한숨 자고 정신이 조금 들었을 때 엄마 핸드폰으로 문자가 들어왔다. 진천할아버지에게서 온 문자였다.

<부고>

김병삼 님께서 별세하셨습니다.

빈소: 경인병원 장례식장 3호실

발인: 1/12. AM 9시.

031) 6333-6200

명주는 얼굴이 훅 달아올랐다. 귓속에서 삐— 하며 이상한 마찰음이 울어댔다. 할아버지가 돌아가셨다니 도저히 믿기지 않았다. 명주는 입을 벌리고 아무 말도 하지 못했다. 핸드폰을 바닥에 떨어뜨린 채 계속 머리를 좌우로 흔들어댈 뿐이었다.

명주는 진천할아버지 생각을 하지 않으려고 했다. 부지런히 청소와 소독을 하고 안 쓰던 그릇들을 꺼내 닦았다. 하지만 할아버지 생각이 자꾸 맴돌며 머릿속을 어지럽혔다. 행여 자신의 거짓말이 할아버지의 죽음을 앞당긴 건 아닐까 싶었다. 엄마에게도 미안한 생각이 들었다. 무얼 어떻게 해줄 수도 없었다고 핑계를 대보지만 다른 방법은 없었냐고 누군가 자꾸만 꾸짖는 것 같았다. 하지만 어떤 거짓말도 할아버지를 이 세상에 오래 붙들어두지는 못했을 것이다. 그렇게 스스로를 합리화해보았지만 마음은 계속 이렇게 되지 않았을 수도 있었다고 말하고 있었다. 명주는 저녁이 되어서야 100만 원이 든 봉투를 챙겨 들고 장례식장으로 향했다.

영정 속의 할아버지는 실물보다 젊고 환한 표정을 하고 있었다. 직계 자식으로 보이는 남자와 여자 들이 검은 상복을 입고 손님을 맞고 있었다. 어린 손자 손녀 들이 조문객 사이를 숨바꼭질하듯 뛰어다니고 계속 조문객들이 밀려들면서 장례식장은 결혼식장처럼 북적거렸다. 호상이라며 자식들 고생 덜 시키고 잘 가셨다는 말이 조문객들 사이에서 들려왔다. 며칠 전 감기에 걸려 열이 나는가 싶더니 다행히 코로나는 아니었다고, 검사실에서 대기하던 중에 큰아들 품에서 돌아가셨다는 말을 했다. 명주는 장례식장 입구에 있던 부의금 봉투를 들고 화장실로 갔다. 엄마 이름을 쓰고 100만 원을 넣었다가 혹시나 할아버지 가족들이 이상한 생각을 할까 싶어 10만 원만 넣고, 나머지 90만 원은 익명으로 냈다. 명주는 향을 피우고 절을 한 뒤 장례식장을 빠져나왔다. 가는 길이 부디 편안하셨기를 빌었다. 이제 진천할아버지와 엄마는 하늘에서 만날 수 있을까? 그건 두 분만이 알 수 있는 일이었다.

다음 날 밤 열한 시경, 명주는 담배를 들고 비상구로 나갔다. 진천할아버지가 돌아가시자 마음에 걸린 매듭 하나가 풀린 기분이었지만 그래서 방 안에 있는 엄마가 더더욱 마음에 걸렸다. 이제 엄마를 묻을 일을 고민할 차례였다. 비상구는 롱패딩을 입고도 바람이 차게 느껴졌다. 문을 여는데 그 자리에 누군가 있었다. 명주는 인기척을 느끼고 당황했다. 추리닝 바지와 슬리퍼를 신은 맨발이 슬쩍 보였다. 문을 닫고 돌아서려다 다시 벌컥 문을 열고 나갔다.

—702호?

명주는 반가움에 목소리를 높였다. 옆집 노인이 퇴원했다는 걸 알았지만 직접 얼굴을 보진 못하고 있었다. 반찬을 해

들고 찾아갔을 땐 초인종을 눌러도 대답이 없었다. 702호가 얼굴을 슬쩍 외면한 채 고개를 꾸뻑했다. 어둠 속이긴 해도 얼굴이 수척해 보였다. 볼살이 있던 예전의 얼굴과는 사뭇 달랐다. 울고 있었는지 눈도 붉어 보였다. 슬리퍼 밖으로 삐죽 빠져나온 맨발에서 눈을 들어 올렸을 때 얼핏 술 냄새를 맡은 것도 같았다. 영하의 날씨에 점퍼도 없이 나와 선 모양새가 아무래도 수상쩍었다. 홧김에 뛰쳐나온 건지 무슨 작정을 하고 나온 건지 알 길이 없었다. 하지만 감정을 주체할 수 없어 이러고 있다는 건 누가 봐도 분명해 보였다.

—아버님은 어때요? 화상은…….

명주는 조심스럽게 물었다. 702호는 감정이 복받쳐서인지 대답을 못 하고 가슴만 들썩거렸다. 명주는 가만히 지켜보다 들고 있던 담배 한 개비를 내밀었다.

—한 대 피워봐요.

702호가 잠시 머뭇거리다 담배를 받았다.

—불도 받고.

명주는 자신의 담배에 불을 붙이고 702호에게도 붙여주었다. 어둠 속에서 빨간 불빛 두 개가 깜박하고 빛났다. 702호는 불이 붙은 담배를 받아 어줍게 입으로 가져갔다. 조심스럽게 연기를 빨아들이는가 싶더니 이내 기침을 쏟아냈다. 이 나이가 되도록 담배라곤 한 번도 안 피워본 소년 같았다. 기침하랴 흐르는 눈물을 닦아내랴 두 손과 입이 바빴다. 명주는 측은한 생각이 들었다.

명주는 담배를 피워 물고 비상구 난간에 몸을 기댔다. 그리고 702호의 기침 소리가 잦아들 때까지 먼 곳을 바라보았다. 난간 너머로 층층이 불을 밝힌 집들에서 따뜻한 온기가 밖으로 스며 나오고 있었다.

―화상은 잘 안 나아요. 그건 내가 겪어봐서 알아. 이 발이 화상으로 이렇게 된 거거든. 공장 급식일 할 때 뜨거운 물에 데어서.

명주는 발을 내려다보며 어렵게 입을 열었다. 그동안 화상 얘기는 누구에게도 하지 않았다.

―피부만 아물면 끝인 줄 알았는데 그게 아니더라고. 후유증이 얼마나 오래 가는지. 원인도 병명도 모르는 통증 때문에 지금은 아예 진통제로 살고 있지.

702호는 흐느낌을 삼키느라 힘들게 숨을 들이쉬었다.

―가진 돈은 병원에 다니다 다 까먹고 몸이 아파 일은 할 수도 없고 기초수급자 신청도 잘 안 됐어. 의사들이 내가 아프다는 걸 증명해줘야 하는데 안 해주더라고. 후유, 다 관두라 했어.

명주는 지난 생각에 다시 화가 치밀었다.

─서서 하는 일은 엄두도 못 내고 앉아서 하는 일도 찾아봤는데 이 나이엔 할 만한 게 없더라고. 방세도 밀리고 보험료도 밀려 병원도 못 가고. 그래서 생동성 알바라도 하려 했는데 쳇, 하기도 전에 피검사에서 아웃.

702호가 옆에서 가까스로 울음을 참고 깊은 숨을 내쉬었다.

─집으로 돌아와 누워서 멀뚱멀뚱 천장을 쳐다보고 있는데 더 살아서 뭐 하나 싶더라고. 그래, 이만큼 살았으면 됐다. 그만하자 그랬지. 어떻게 죽을까 고민하고 있는데 엄마한테서 전화가 걸려왔어. 같이 살자고.

명주가 말을 끝내고 담배를 다시 피워 물었다. 가만히 듣고만 있던 702호가 흐느낌이 잦아들자 어렵게 말문을 열었다.

─뇌졸중 후유증이 있던 몸에 화상을 입어 치료가 어려웠대요. 생식기와 허벅지, 발등까지 다 데었거든요. 의사가 일반병실에서 요양병원으로 옮겨 계속 치료받으라 권했지만 치료비와 간병비를 감당할 수 없어 집으로 모셔 왔어요. 그동안 하던 대리운전도 접고요. 제가 잘 돌봐드릴 수 있을 거라 생각했어요. 하지만 꼬박 아버지 옆에 붙어 하루에도 수차례 드레싱을 해주고 이리 누였다 저리 누였다, 결코 만만한 일이 아니었어요. 젊은 저도 이렇게 힘든데 누가 이 일을 할까 싶

었어요. 다행히 피부는 잘 아물었는데 걸으려면 처음부터 다시 재활운동을 해야 해요. 다시 처음부터요.

명주는 702호가 아버지를 집으로 일찍 모셔 온 이유가 돈이 없어서인 걸 알고 마음이 착잡했다. 702호는 흐느낌을 진정시키려 애쓰고 있었다.

—자린고비에 허구한 날 큰소리만 치고 가족들한테 해준 것도 없는 아버지가 어느 날 갑자기 돌아가셨어. 눈물도 안 나고 슬프지도 않은데 안됐단 생각이 들더라고. 고작 이렇게 살다 죽을 걸 그렇게 애를 썼나 싶은 게.

명주는 아버지를 간호하랴 힘들어하는 702호 앞에서 왜 갑자기 제 아버지 얘기를 꺼냈는지 모를 일이었다. 행여 702호가 아버지를 미워한 나머지 자신을 해하게 될까 걱정된 때문이었을까. 702호는 아직도 기침이 나는지 간간이 몸을 쿨럭였다.

—아버님이 많이 원망스럽지?

명주는 702호를 돌아보며 물었다.

—나 같아도 그럴 거 같아. 미워하고 원망하다 나 자신까지도 미워하게 될 거 같아. 그래도 아버지 너무 원망하지 마. 아버지도 이런 상황이 되리란 건 몰랐을 거야. 마음속으론 많이 미안해하고 계실 거야.

명주는 먼 산을 바라보며 말했다. 멀리 밤하늘 위로 작은 별들 몇 개가 안간힘을 쓰며 빛을 내고 있었다. 702호가 두 손으로 얼굴을 감싼 채 부르르 몸을 떨었다. 그러곤 어깨를 들썩이며 소리 없이 한참을 흐느꼈다. 명주는 울음이 잦아들 때까지 그 옆에 서서 천천히 담배를 피웠다.

— 저도 진작 형처럼 외국으로 떠나버렸으면 어땠을까요?

702호가 떨리는 목소리로 입을 열었다.

— 그랬더라면, 이렇게까지 아버지를 원망하고 미워하지도 않았을 텐데요. 그러면 이런 죄책감 따윈 가질 필요도 없고, 저 혼자만 걱정하며 살 수 있었을 텐데요.

명주는 고개를 돌려 702호를 쳐다보았다. 702호가 팔뚝으로 다시 눈물을 훔쳤다.

— 아버지를 간호하다 고3 땐 학교도 제대로 못 다녔어요. 지각을 밥 먹듯 했고 결석도 잦았어요. 친구는 사귈 수도 없었고요. 담임 선생님도 처음엔 아버지가 그렇다는 걸 알고 배려해주다 결석이 잦으니까 이럴 바엔 차라리 자퇴를 하라는 거예요. 반 분위기 흐려진다면서요. 아버지한텐 내가 없어서는 안 될 사람인데 학교에선 없어져야 할 존재였어요. 그런 게 너무 힘들었어요. 제가 원해서 그렇게 된 것도 아닌데. 결국 학교는 그만두고 나중에 검정고시를 봤어요.

702호의 숨이 가늘게 떨렸다. 찬바람이 온몸 구석구석으로 파고들었다.

— 착하다는 말, 대견하다는 말, 효자라는 말도 다 싫어요. 그냥 단지 제 인생을 살고 싶어요. 이젠 그마저도 어렵게 됐지만요……

702호는 참았던 한숨을 토해내듯 말했다. 그리고 어깨를 떨며 작게 흐느꼈다.

— 그게 무슨 말이야? 그마저도 어렵게 됐다니?

명주는 702호의 끝말이 이해되지 않아 물었다. 702호는 뚫어질 듯 앞만 쳐다보다가 어렵게 입을 열었다.

— 얼마 전에 일을 나갔다가 사고를 냈어요. 벤틀리라고 비싼 외제찬데.

명주는 놀라 702호를 쳐다보았다.

— 주차하다 잘못해서 주차장 기둥에 뒤쪽 범퍼하고 앞뒤 문짝이 다 긁혔는데 수리비가 얼마가 나올지 걱정돼 잠이 안 와요. 대리회사에 전화했더니 아직 모르니까 차주 쪽에서 연락이 올 때까지 기다리라고만 하고요. 검색해보니 몇천만 원 할 거래요. 아버지만도 이미 벅찬데 왜 이렇게 저한텐 감당 못 할 일들만 일어나는지 모르겠어요. 왜, 저한테만.

준성은 얼굴을 돌리고 가슴을 들썩였다. 명주는 커다란 돌덩이가 갑자기 가슴을 내리누르는 것 같았다. 702호가 고등학생 때부터 혼자서 짊어져야 했을 삶의 무게를 생각하니 마음이 더 아팠다. 제 한 몸도 버거울 아이가 아버지와 이 모든 걸 혼자 책임져야 한다니 너무 가혹한 일이었다. 그런데 여기에 또 사고라니. 어떤 조언도 위로도 할 수가 없었다. 명주는 702호와 어둠 속에서 아무 말 없이 한참을 서 있었다.

　—영화에서 어떤 가난한 대학생이 사업가의 고급 벤츠에 사고를 내서 평생을 갚아 나가는 걸 봤어요. 그게 제 일이 될 줄은…….

　702호가 절망에 찬 표정으로 말했다. 명주는 702호가 아득한 수렁 속으로 걷잡을 수 없이 빨려 들어가는 느낌이 들었다. 제 앞가림 하기도 힘든 명주였지만 어떡하든 702호가 이 수렁에 빨려 들어가지 않도록 막아주고 싶었다.

　—영화는 영화일 뿐이야. 방법이 있을 거야. 방법이.

　명주는 힘주어 말했다. 마치 그 방법을 알아내 주기라도 할 것처럼.

　—발 얼겠다. 일단 들어가자.

　명주는 702호의 맨발을 보며 말했다. 702호가 힘없이 돌아섰다. 명주는 떨고 있는 그를 집으로 들여보내고 방으로 돌아왔다. 702호의 야윈 얼굴과 흐느끼며 떨던 목소리, 추위에 얼어 있던 슬리퍼 속 맨발이 자꾸만 어른거렸다. 명주는 그날 밤 여러 궁리로 몸을 뒤척이다 엄마의 연금 통장을 그에게 건네주고 죽어 있는 자신을 발견하는 꿈을 꾸기도 했다.

명주는 잠을 설쳐 목 안이 깔깔했다. 진천할아버지의 죽음과 702호의 모습이 머릿속을 떠나지 않고 어지럽혔다. 명주는 습관처럼 작은방으로 들어가 소독을 하고 바닥을 닦기 시작했다. 모든 일들이 이렇게 걸레질에 닦여 깨끗이 사라져버리면 얼마나 좋을까. 명주는 해결방법을 모색하며 힘껏 바닥을 문질러 닦았다. 그때 무언가 차가운 것이 손등으로 톡 하고 떨어졌다. 다음엔 머리로 다시 손등으로 떨어졌다.

고개를 들어보니 천장에서 물이 새고 있었다. 링거에서 떨어지는 수액처럼 느리지만 계속해서 새 나왔다. 두어 달 전 바닥을 닦다가 손등 위로 물방울이 떨어져 내렸던 기억이 불쑥 되살아났다. 명주는 황급히 누수가 있는 곳에 통을 가져다 댔다. 천장 형광등 주변에 생긴 얼룩이 전보다 세 배는 커져 있었다. 더 이상 이대로 둘 수는 없었다. 관리사무소에 전화를 걸려는데 나무관이 마음에 걸렸다. 천장 누수는 위층 집과 해결을 봐야 한다는 건 들어 알고 있었다.

점심 무렵, 명주는 위층 801호로 올라갔다. 60대 초반으로 보이는 여자는 명주의 말을 듣고 당장 가보자고 했다. 명주는 막무가내로 밀고 들어오는 여자를 제지할 새가 없었다. 여자는 저벅저벅 제 집처럼 들어와서는 벽지의 얼룩과 떨어지는 물방울과 방바닥에 받쳐놓은 물받이 통을 보고서야 믿었다. 801호 여자는 그 자리에서 관리사무소로 전화를 걸었다. 통화는 비교적 짧게 끝났다. 여자는 통화가 끝난 뒤 내일 사람을 보내주마고 말했다.

—저건 뭐지?

여자가 방을 나가면서 물었다.

—나무 소파예요.

명주는 대수롭지 않게 말하고 얼른 문을 닫았다. 여자는 수리 견적을 내러 온 기사처럼 집 안을 휙 한번 둘러보며 인상을 썼다.

—간장 달였나 보네.

여자가 콧등에 주름을 잡으며 말했다. 명주는 바짝 긴장한 채 대답하지 않았다.

—여기 키 크고 덩치 좋은 할머니 살지 않았었나? 황 씨 할머니라고 농담도 잘하고 화끈했었는데.

—아니요.

명주는 고개를 저었다. 계속될 질문을 피하고 싶어서였다.

―이상하다. 한두 해 전까지도 봤었던 것 같은데. 새로 이
사 오셨나?

　여자는 명주를 빤히 쳐다보다 내일 사람을 보내주마고 집
을 나갔다.

　다음 날, 배관기술자들이 오후 세 시에 오겠다며 알려왔다.
명주는 기술자들이 오기 전 나무관을 거실 쪽으로 옮겨놓기
로 했다. 의심의 빌미를 남겨놓기 싫었고, 행여나 그들이 나
무관을 딛고 올라가 공사를 할까 걱정되기도 했다.

　엄마 키에 맞게 주문한 조립식 삼나무 관은 생각보다 무거
웠다. 명주는 801호 여자가 냄새 운운한 것도 마음에 걸렸다.
나무관을 열어 소독약과 탈취제를 평소보다 많이 뿌렸다. 아
마포가 축축이 젖어들며 소독약 냄새를 짙게 풍겼다. 혹시 몰
라 집 전체에 향수까지 뿌려두었다. 명주는 나무관 밑에 담요
를 깔고 앞뒤로 밀며 끌며 간신히 나무관을 거실로 옮겼다.
옮긴 후에는 천을 덮고 쿠션을 놓아 소파처럼 보이게 했다.

　엄마가 농담을 잘했다고? 화끈하고? 명주는 엄마가 건강할
때의 모습을 상상하며 피식 웃었다. 분명 명주에겐 없는 엄마
만의 성격이었다. 닮은 걸 굳이 찾아보자면 명주도 가끔은 버
럭 한다는 것 정도였다.

누수가 있던 곳을 새 파이프로 교체하고 새 벽지를 바르는 데까지 나흘이 걸렸다. 작업 기간 내내 명주는 혼자 전전긍긍하며 기술자들의 동선을 살폈다. 천장 누수공사가 끝나고 기술자들이 돌아간 뒤 명주는 곧바로 거실에 내놓았던 나무관을 다시 작은방으로 옮기려 했다. 나무관 밑에 담요를 깔고 힘껏 밀려는데 초인종이 울렸다. 기술자들이 빠뜨리고 간 것이 있어 왔나 싶었다. 누구세요, 묻자 높고 카랑카랑한 목소리가 들려왔다.

— 엄마, 나야!

명주는 가슴이 쿵 내려앉았다. 은진이 올 줄이야. 그동안 몇 번이나 전화를 꺼놓거나 받지 않았는데 여긴 어떻게 알아냈을까. 지난번 찾아왔다던 젊은 여자가 은진이었을까? 외시경 밖으로 은진이 털 달린 흰색 롱패딩을 입고 발을 종종거리며 서 있는 게 보였다. 명주는 거실 한가운데 옮기다 만 나무관으로 눈길이 갔다.

— 빨리 문 열어!

은진이 다시 소리쳤다.

— 어, 어. 잠깐만 기다려.

명주는 당황해 말을 얼버무렸다. 달려가 나무관을 작은방 쪽으로 힘껏 밀었다. 나무관이 문턱에 걸려 밀리지 않았다.

─엄마! 문 안 열고 뭐 해? 춥단 말이야.

은진이 문을 쾅쾅 두드리며 재촉했다.

─어어. 그, 그래.

명주는 밑에 깔린 담요를 바로 하고 나무관을 다시 힘껏 밀었다. 작은방 초입에 대충 나무관을 밀어 넣고 문을 닫았다.

─아, 진짜 뭐 하냐니깐!

은진은 더 세게 문을 두드렸다. 명주가 달려가 문을 열었다.

─아. 진짜 엄만 뭐 하느라 이렇게!

은진은 들어오면서도 짜증을 부렸다.

─니가 어떻게, 여길?

명주는 작은방에 시선을 둔 채 물었다.

─뭘 그렇게 놀라, 엄만? 앱 하나만 깔면 간단한 일을 가지고.

은진은 핸드폰을 흔들어 보이며 웃었다. 명주는 자신의 핸드폰에 은진이 위치추적 앱을 깔았다는 걸 그제야 알아챘다. 첫 만남 때부터였을까. 명주는 은진이 무섭게 느껴졌다.

─집이 정말 작네.

은진은 긴 부츠를 벗어 내리며 집 안 전체를 빠르게 훑었다. 그리고 입술을 비틀며 마뜩잖게 웃었다. 집을 보러 온 손님처럼 곧바로 거실 겸 안방을 지나 앞 베란다로 나가 바깥

주변까지 둘러보았다. 방 안의 장롱과 서랍장, 작은 집기들도 들었다 놓았다 하며 살폈다.

─할머니는?

─벼, 병원에 입원하셨어. 폐렴 때문에.

─그래? 그래서 내 전화 안 받은 거야? 근데, 엄만 집에 있어도 돼?

─뭐, 뭣 좀 가지러 왔다가 정리 좀 할 게 있어서. 커피 마실래?

─음. 그래.

명주는 긴장한 얼굴로 싱크대 앞에 섰다. 물을 끓이며 시선은 은진의 움직임을 쫓았다. 은진은 서랍장 근처를 서성이며 계속 무언가를 찾는 눈치였다.

─근데, 이거 무슨 냄새야? 꾸리꾸리한 냄새.

─웅? 뭐가?

─냄새나잖아. 엄만 안 나?

─으응. 오랜만에 집에 왔더니, 음식 쓰레기를 안 버리고 가서 냄새가 배 그런가 봐.

은진은 얼굴을 찡그리며 코를 계속 씰룩거렸다.

─아무 데나 앉아.

명주는 냉장고 서랍 칸을 열어 귤을 찾았다. 사놓은 지 오래돼 온전한 귤이 별로 없었다. 졸업식은 잘 했어? 명주가 묻자 은진은 듣지 못했는지 뜬금없이 다른 말을 했다.

—저건 뭐야?

명주가 고개를 드니 은진은 어느새 작은방 문을 열고 서 있었다. 명주는 귤을 고르다 말고 벌떡 일어섰다. 황급히 달려가 작은방 문을 닫으려는데 은진이 막아섰다.

—아니, 저게 뭐냐고? 꼭 관처럼 생겼네?

—그, 그냥 나무상자야. 이것저것 필요 없는 것들 집어넣는. 정리하던 중이라서…….

명주는 나무관을 급하게 안쪽 제자리로 밀어놓으려 힘을 주었다. 그런데 웬일인지 꿈쩍도 하지 않았다.

—내가 같이 밀까? 뭔데 그렇게 낑낑거려?

—아냐 아냐. 다 됐어.

—내가 도와줄게.

은진이 다가서며 나무관 한쪽을 붙잡았다.

—됐다니까. 저리 물러나 있어!

명주는 은진을 뒤로 밀며 관을 감싸듯 몸을 숙였다.

—수상하네. 그 안에 뭐 금덩이라도 들었어?

은진이 다시 관을 잡으려 들었다.

—됐다니까 그래.

명주는 은진을 엉덩이로 밀며 관을 안쪽 구석으로 힘껏 밀어붙였다. 꿈쩍도 않던 관이 쓰윽 밀려 제자리로 들어갔다. 그 바람에 바닥에 깔려 있던 노란 장판이 쭉 밀리며 바닥이 드러났다. 드러난 시멘트 바닥 위로 만 원짜리 몇 장이 얼굴을 쏙 내밀었다.

─뭐야 이거?

뒤에 서 있던 은진의 목소리가 반짝하고 빛났다. 은진은 얼굴에 화색을 띠며 바닥에 있던 만 원짜리 몇 장을 집어 들었다. 그러다 무슨 생각에선지 갑자기 장판 끝자락을 잡고 확 들어 젖혔다. 그러자 푸른 빛깔의 만 원권 지폐들이 방바닥 한가득 그 모습을 드러냈다.

─우와! 대박!

은진이 소리쳤다. 명주도 그 자리에 선 채 입을 벌리고 말았다. 진천할아버지의 말이 사실이었다니. 두 노인네가 정말로 이렇게 돈을 모았다니. 눈앞의 광경이 믿기지 않았다.

─니, 니 할머니…….

명주는 도무지 믿기지 않아 멍하니 지폐들만 바라보았다. 은진이 시키지도 않았는데 쪼그리고 앉아 재빠르게 지폐들을 그러모았다. 그러고는 손에 침을 발라가며 부지런히 돈을 세기 시작했다.

―엄마도 몰랐던 일이야? 엄마 혹시 이 돈 찾으러 집에 들른 거 아니야?

은진은 지폐를 세며 눈을 희번덕였다.

―200 하고도 7만 원. 와우!

명주는 그 액수에 다시 한번 놀랐다. 은진은 돈이 더 있을까 싶어 장판 끝자락까지 샅샅이 살폈다. 뒤늦게 딸려 나온 만 원짜리 한 장과 납작하게 눌려 있던 누런 봉투까지도 들어올렸다. 근처에 있던 그리마 한 마리가 빛을 피해 어디론가 급히 달아나고 있었다.

―이거 진짜 엄마도 모르고 있었던 거야?

명주는 고개를 끄덕이며 은진이 손에 쥐고 있는 돈뭉치를 바라보았다. 그러자 은진이 불쑥 찾아온 이유가 궁금해졌다.

―근데 넌 갑자기 여기 왜 왔니?

은진의 눈이 샐쭉해지다 바로 초승달처럼 바뀌었다.

―할머니도 볼 겸 돈 좀 빌리려고 왔지. 엄마가 내 전화도 씹고 문자도 안 보고 하니까 직접 찾아올 수밖에. 나, 이 돈 좀 빌려주라. 취업하면 이자 더블로 쳐서 갚을게.

은진은 명주의 대답을 기다리지도 않고 바로 일어섰다.

―야! 차은진.

명주가 은진의 옷을 잡아채려 다가갔다. 하지만 은진은 손에 들고 있던 모든 걸 주머니에 쑤셔 넣고 잽싸게 나가버렸다.

명주는 문간에서 작은방을 돌아보았다. 나무관 위로 걷어 젖혀진 비닐 장판과 아무렇게나 널려 있는 소독약과 탈취제들. 도적 떼가 들어와 집 안을 한바탕 휘젓고 간 기분이었다. 명주는 불쑥 앞으로의 일들이 걱정되었다. 돈도 돈이려니와 은진이 이 집을 알아낸 이상, 이 한 번으로 끝나진 않으리란 사실이 직감적으로 다가왔다.

명주는 방 안에 주저앉아 생각을 더듬었다. 은진이 가져간 돈이 엄마와 진천할아버지가 모은 돈이라 생각하니 더욱 마음이 쓰였다. 명주는 관을 열어 엄마를 쳐다보았다. 냄새도 조금씩 짙어지는 것 같았다. 은진의 눈도 있고 이 방에 엄마를 마냥 놓아둘 순 없었다. 엄마의 죽음이 더 이상 욕되지 않았으면 했다. 어서 엄마를 적당한 장소에 묻어드리고 싶었다. 하지만 어떻게. 명주는 그 일이 혼자서는 불가능하다는 것을 누구보다 잘 알고 있었다.

14

준성은 사고 일주일 후 차주 쪽 보험사로부터 전화를 받았
다. 보험사 직원은 차의 후면 범퍼와 후미등을 비롯해 왼쪽
앞뒤 문들을 수리하는 데 시일이 좀 걸릴 것 같다며 딱딱한
목소리로 말문을 열었다. 부속이 없어 본국에 오더를 넣은 상
태라고 했다. 부속이 들어와 수리를 마칠 때까지 3주 정도 소
요될 예정이며 총 수리비는 6천여만 원으로 추정된다고 말
했다. 4천만 원까지는 대리업체 쪽 보험회사에서 지불하지만
나머지 2천만 원은 준성이 부담해야 한다는 말을 전해주었
다. 준성은 6천이니, 4천이니, 2천이니 하는 비현실적인 숫자
들에 정신을 차릴 수가 없었다. 무엇보다 대리회사 보험사 측
에서 지불해주는 액수가 4천만 원이라는 데엔 강한 의구심이

들었다.

　─자, 잠깐만요. 4천만 원이라뇨? 저는 대리업체 보험사에서 모두 보상해주는 걸로 알고 있는데요?

　─그건 그쪽 보험사에 한번 확인해보시고요. 저희가 확인해본 바로는 4천만 원입니다.

　준성은 전화를 끊고 무얼 어떻게 해야 할지 몰라 그저 멍하니 앉아 있었다. 마치 말도 통하지 않는 낯선 외국 땅에서 돈과 여권이 든 가방을 잃어버린 채 덩그마니 혼자 남겨진 기분이었다. 아버지는 무슨 전화냐고 물었지만 준성은 그냥 대리업체에서 온 전화라고만 대답했다.

　준성은 작은방으로 건너와 대리회사 보험사에 전화를 넣었다. 보험약관에 대해 확인해보고 싶었다. 보험사에서는 4천만 원이 맞는다고 했다.

　─아니, 왜요? 제가 매달 14만 원씩 보험료를 내고 있고, 사고가 나면 모두 그 안에서 해결되는 게 아닌가요?

　─그건 대리회사에 다시 한번 확인해보세요. 지금 계약상에는 매달 7만 원씩 보험료를 내는 걸로 나와 있고 대물보상은 4천만 원으로 확인됩니다.

　─7만 원이요?

　준성은 전화를 끊고 대리회사에 전화를 걸었다. 돌아온 답은 궁색하기만 했다. 상담원은 계약상의 약관만 반복해 읽어 줄 뿐이었다. 준성은 보험료가 왜 14만 원이 아니고 7만 원이 냐고 재차 확인을 부탁했지만, 부당하다고 생각되면 회사를 상대로 소송을 하라는 성의 없는 말만 되풀이했다.

준성은 대리기사들의 카페에 들어가 그와 비슷한 사건이 있는지 살펴보았다. 대리 고수들의 깨알 같은 팁들이 평소에 도 도움을 준 때문이었다. 준성처럼 큰 사고는 아니지만 외제 차를 몰고 가다 사고를 낸 기사들의 경험담을 읽을 수 있었 다. 거기서 알아낸 사실은 대리업체에서 대리기사들한테 보 험료를 받아 일부만 보험에 들고 나머지 일부는 회사가 빼먹 는다는 거였다. 대리업체에 따지고 들면 그 14만 원은 오로지 보험료 전액이 아니라 관리비 등이 포함된 돈이라고 둘러댄 다는 것이었다. 대리업체가 대리기사들을 상대로 보험료를 착복해온 사실은 알 만한 사람들은 다 아는데도 돈을 벌어야 하니 울며 겨자 먹기로 요구하는 보험료를 다 내고 있는 것 이라고 했다. 대리회사를 상대로 소송을 건다면 이길 수도 있 겠지만, 시간도 오래 걸리고 그 긴 싸움을 하려는 대리기사를 본 적이 없다고 쓰여 있었다.

준성은 갑자기 일어난 해일에 휩쓸려 망망대해에 홀로 떠 있는 기분이었다. 병원비로 통장의 돈은 바닥났고 비상금으로 모았던 적금을 해약해 쪼개 쓰고 있는 형편이었다. 아버지가 매달 받는 연금 60여만 원은 공과금을 내고 마트에 몇 번 다녀오면 없어졌다. 대출로 가득 찬 깡통집도 재산이라는 이유로 아버지는 기초수급 대상자도 되지 못한다. 준성이 아버지를 돌봐야 해 일도 못 하는 처지에 대리업체를 상대로 소송을 벌이는 일이 가능하기나 할까 싶었다. 소송비는 어떻게 마련하고 만에 하나 소송에 지기라도 한다면…… 자신이 물어야 할 2천만 원은 어떻게 해결해야 할까. 준성은 눈을 감은 채 한숨을 내쉬었다. 잠시나마 눈을 감고 정신을 바로 차리려 노력했다. 준성은 지푸라기라도 잡는 심정으로 대리기사 카페에 자신의 사정을 자세히 남겨놓았다. 숨은 대리 고수들이 해결방안에 대해 조언해주길 간절히 바랐다.

　―준성아, 목욕하자.

　아버지가 준성을 부르는 소리가 들렸다.

　―네, 나가요.

　준성은 골치 아픈 문제를 뒤로하고 방을 나섰다. 아버지는 베개를 높게 받쳐 올린 채로 텔레비전을 보고 있었다. 오늘 아버지는 컨디션이 좋아 보였다. 텔레비전에서 막 재밌는 장면을 보았는지 얼굴이 웃고 있었다. 다행히 아버지의 화상은 잘 아물었다. 의사 선생님의 지시대로 드레싱을 꾸준히 하고 아버지도 잘 먹고 잘 따라준 덕분이었다. 하지만 오랫동안 누워만 지낸 터라 거죽만 남은 사람처럼 보였다. 며칠 전부터 가정용 철봉을 잡고 다리와 허리의 힘을 세우는 운동을 시작한 참이었다.

— 너 정말 막걸리 사준다 했다?

— 네. 목욕하면요.

준성은 아버지를 부축해 일으켜 앉혔다. 아버지는 요 며칠 자꾸 가렵다며 몸을 뒤척였다. 화상이 아물기는 했어도 감염이 무서워 목욕은 뒤로 미루고 있었는데 아버지의 머리와 몸에서 퀴퀴한 냄새가 났다. 준성은 가볍게라도 샤워를 시켜드려야겠다고 생각했다. 아버지에게 목욕을 하고 나면 화상이 나은 기념으로 막걸리 한잔을 사드리겠다고 하자 아버지는 어린애처럼 좋아했다. 아버지는 그걸 기억해내고는 자발적으로 목욕을 하자고 나선 것이다.

준성은 먼저 욕조에 따뜻한 물을 받아 욕실을 훈훈하게 데워놓았다. 그리고 아버지를 부축해 욕실 앞까지 갔다. 막상 욕실로 들어가 옷을 벗기려 하자 아버지는 마음이 바뀌었는지 갑자기 안 하겠다고 소리를 지르며 몸을 비틀었다. 아버지가 욕실에 설치한 손잡이를 잘 잡고 서 있어도 준성이 아버지를 변기에 앉히거나 세울 땐 여간 긴장을 하는 게 아닌데 몸

부림을 쳐대니 제어하기가 힘들었다. 간신히 아버지의 어깨를 잡고 두 발로 몸을 지탱하며 다시 세우려는데, 아버지가 두 손을 뻗쳐 올리다 준성의 팔꿈치를 툭 하고 쳤다. 준성은 갑자기 손목이 시큰해지며 손아귀 힘이 풀려 아버지를 놓치고 말았다. 순간 아버지는 고장 난 관절인형처럼 무릎이 꺾이고 연달아 머리가 세면대와 변기에 부딪히면서 바닥으로 무너져 내렸다.

아버지의 머리에서 피가 흘러나왔다. 준성은 바닥에 널브러진 아버지를 흔들며 소리쳐 불렀다. 아버지는 눈을 감은 채 대답이 없었다. 준성은 무얼 어찌해야 할지 도무지 판단이 서질 않았다. 검은 장막 같은 두려움이 온몸을 덮쳐왔다. 준성은 피를 흘리며 누워 있는 아버지를 내려다보며 벌벌 떨었다. 누군가 목을 조르기라도 한 듯 숨통이 조여들었다.

준성은 현관문을 벌컥 열고 복도로 뛰쳐나갔다. 피 묻은 두 손을 바들바들 떨며 힘겹게 숨을 몰아쉬었다. 그리고 고개를 두리번거리며 자신을 도와줄 누군가를 애타게 찾았다.

15

명주는 서랍 속에 있던 엄마의 검은색 고무줄 바지와 자주색 스웨터, 검은색 코트를 꺼내 입었다. 몸이 불은 이후로 엄마의 옷들이 얼추 맞았다. 마스크를 하고 엄마의 목도리와 털모자까지 뒤집어쓰니 영락없는 엄마였다. 명주의 통증엔 병원에서 처방해준 진통제가 필요했다. 진통제는 술과 드시면 안 되는 거 아시죠? 명주는 얼마 전 약국에서 약사가 자신을 엄마로 착각했을 때 아이디어를 얻었다.

아픈 다리를 끌며 찾아간 곳은 집에서 서너 정거장 떨어진 통증의학과 병원이었다. 간호사에게 처음 왔다고 하면서 엄마의 이름을 댔다.

—잠을 통 못 자겠어요. 머리도 아프고 발바닥도 아파서 죽

겠어요.

명주는 나이 들어 보이는 목소리로 목젖을 내리누르며 말했다.

—발바닥이요? 어디 많이 걸어 다니셨어요?

개업한 지 얼마 되지 않은 듯한 젊은 의사가 노인을 상대하는 목소리로 물었다.

—아니요. 4년 전에 화상을 입었는데 그 후로 이렇게 아파요. 병원들에선 딱히 이상이 없다고 하는데 저는 쑤시고 아파서…….

—어디 한번 볼까요, 어르신?

의사는 친절한 목소리로 물었다.

명주는 발을 내보일 생각은 안 했던 터라 잠시 긴장했지만 약을 타기 위해서는 어쩔 수 없었다. 양말을 벗고 발을 내보였다.

—어이구. 많이 아프셨겠는데요.

의사는 화상 자국이 있는 발 위아래를 이리저리 살펴보며 말했다.

—검사상 이상이 없어도 본인만 느끼는 통증이 있어요. 신경병증성 통증, 섬유근육통이라고도 하는데, 잘 오셨어요. 저를 믿어보시고 한번 꾸준히 치료해보세요. 아셨죠, 어르신?

일단 엑스레이 먼저 찍어보고 자세히 말씀드릴게요.

명주는 약만 처방받아 갈 셈이었는데 의사는 본격적으로 치료할 셈으로 달려드는 것 같아 부담스러웠다.

—소화는 잘 되시나요?

엑스레이를 찍고 다시 진료실로 불려 갔을 때 의사는 여러 증상들에 대해 세세히 묻기 시작했다. 청진기를 들고 가슴을 들어 올리라 할까 봐 겁이 났다. 명주는 어서 빨리 병원을 나가고 싶었다.

—일단 오늘은 신경주사 한 대 맞으시고 약 처방해드릴 테니까, 드시면서 경과를 한번 보지요.

명주는 주사실로 불려 가 허리 부위에 주사를 맞고 처방전을 받았다.

—어머, 할머니 손 진짜 고우시다!

얼굴은 모자와 마스크로 감쌌어도 통통한 손만은 간호사가 알아본 모양이었다. 명주는 놀란 가슴을 쓸어내렸다.

명주는 며칠 사이 병원들을 돌며 진통제와 근육이완제, 신경안정제를 처방받아 돌아왔다. 서랍 속에 제법 많이 모인 진통제를 보자 명주는 곳간에 쌀 포대를 쟁여놓은 듯 뱃속이 든든했다. 인터넷에서 구입한 시안화칼륨(청산가리)도 언젠가의 쓸모를 위해 제자리를 잘 지키고 있었다. 명주는 지긋지긋

한 통증을 한 번에 끝낼 방법을 곁에 두고도 진통제를 사 모으느라 이 수고를 하고 있는 자신이 우스워 한바탕 소리 내어 크게 웃었다.

　명주는 엄마 옷과 모자를 벗어놓고 진통제를 꺼내 먹었다. 긴장을 해서인지 몸이 더 피곤했다. 자리에 누워 쉬려는데 전화가 걸려왔다. 은진이었다. 명주는 은진이 다시 찾아오기라도 한 것처럼 가슴이 두근거렸다. 지난번 방바닥에 있던 돈을 모두 훑어 간 후 일주일이 채 되지 않았다.

　―엄마, 저번에 봤던 그 나무상자 말이야.

　은진은 안부 인사도 없이 불쑥 이상한 말을 꺼냈다.

　―그 안에 혹시 할머니 있는 거 아냐?

　―뭐? 그, 그게 무슨 말이야?

　명주는 숨이 턱 막혔다. 너무 놀라 말까지 더듬었다.

　―뭘 그렇게 놀라? 사실인가 보네?

　은진은 명주가 말을 더듬는 걸 듣곤 깔깔깔 웃어댔다.

　―너 그게 할머니를 두고 할 소리야?

　―농담이었어, 농담. 근데 엄마, 엄청 흥분하네?

　은진은 명주를 놀리는 것이 재밌다는 투였다.

　―엄마 바빠. 왜 전화했어?

―할머니 말이야. 돈도 되지 않는 폐가는 뭐 하러 샀대?

―그건 또 무슨 소리야?

명주는 은진에게 걸려들지 않기 위해 신경을 곤두세웠다.

―충북 증평군 죽리마을 130번지, 황 정 애. 이거 할머니 이름 아니야?

―그러니까 그게 뭐냐고?

명주는 낯선 주소를 머릿속으로 불러올리며 물었다.

―지난번 장판 밑에서 나온 땅문선데, 내가 알아보니까 백 평도 안 되더라고. 그래도 갖고 있으면 언젠간 오를 거 아냐.

명주는 은진이 방바닥의 돈을 긁어모을 때 딸려 나온 누런 봉투가 언뜻 떠올랐다.

―당장 가져와. 니가 갖고 있는다고 팔 수 있는 것도 아니고.

명주는 은진의 말을 끊고 단호히 말했다. 머릿속에선 은진이 불러준 주소가 계속 맴돌았다.

―엄마도 몰랐던 거잖아. 엄마가 죽으면 어차피 내 거 될 거 아닌가?

―그게 무슨 말이야?

―결국 내 거 될 거면 좀 빨리 돈으로 해주면 안 될까 해서.

은진은 타협 조로 조건을 걸어왔다.

―지금 사는 덴 뭐야? 자가? 전세?

─월세야.

─뭐, 그건 나하곤 상관없고. 월세라도 보증금은 있을 거 아냐. 천만 원만 해주면 다시는 손 안 벌릴게. 내가 독립하는 데 엄마가 그 정도는 해줘야 하는 거 아냐?

명주는 할 말을 잃었다. 은진은 이미 돈을 받아낼 심산으로 작정하고 전화를 걸어온 거였다.

─보증금 빼면 할머니하고 엄마는 어디서 살라고?

명주는 따져 물었다.

보증금을 빼면 연금에서 월세로 나가는 돈이 배 이상 많아질 텐데. 명주는 그런 계산을 하다 퍼뜩 주소에 대한 기억이 떠올랐다. 충북 증평군 죽리마을은 엄마가 태어나 열일곱 살까지 살았던 고향이었다. 늘그막엔 고향에 가서 살고 싶다는 말을 입이 닳도록 했지만 엄마가 그곳에 땅을 사두었는지는 몰랐다. 치매가 오기 전 사놓고는 기억을 하지 못한 것 같았다.

─그건 엄마 사정이고. 한 달 정도 시간을 줄 테니까 그 안에 해결해줘. 나 오래 못 기다리는 거 알지?

은진이 먼저 전화를 끊었다. 명주는 은진이 천만 원을 받아낼 때까지 쉬이 물러서지 않으리란 걸 알았다. 머지않아 할머니의 행방과 연금이 나오는 것까지 알아낼 것 같은 두려움이 겹쳐왔다. 순간 어떤 계획 하나가 머리를 스치고 지나갔다.

명주는 다음 날 은진에게 전화를 걸어 돈을 해주기로 하고 땅 문서를 보내달라고 했다.

엄마가 사놓은 땅은 대지 80평에 건물이 17평 정도 되는 작은 시골집이었다. 엄마는 폐가로 나온 집을 늙어서 살 요량으로 사놓은 것 같았다. 그쪽 부동산에 전화를 걸어보니 지금 시세로 천만 원도 안 되는 땅인 데다 매매도 거의 없는 곳이라고 했다. 하지만 명주는 이제야말로 작은 동아줄이라도 잡은 기분이 들었다.

명주는 비상구 계단참에 서서 담배 하나를 피워 물었다. 하늘에 저녁 기운이 가득한 시간, 낮게 깔린 오렌지 빛 구름이 아파트 꼭대기 층 언저리에 긴 띠를 두른 듯 펼쳐져 있었다. 명주는 꽤 오랫동안 이런 빛깔의 구름을 본 적이 없다는 생각이 들었다. 보기 드문 하늘빛에 넋을 빼앗기고 한참을 바라보다 황급히 담배를 비벼 껐다. 일단 엄마가 사놓았다는 증평 땅에 가봐야겠다고 생각했다.

비상구 문을 열고 집으로 가려는데 갑자기 702호 문이 벌컥 열리고 누군가 뛰쳐나왔다. 702호가 피 묻은 두 손을 든 채 오도 가도 못 하고 황망한 얼굴로 떨고 있었다. 명주가 뛰어가자 그가 소리쳤다.

─아, 아버지가 주, 죽었어요! 아, 아버지가!

명주는 힐끗 주변을 돌아보곤 재빨리 702호의 몸을 돌려 집 안으로 밀어 넣었다. 명주도 따라 들어가 문을 닫았다.

─제, 제가, 아, 아버지를 죽였어요!

─준성 씨, 정신 차렷!

명주는 준성의 어깨를 치며 소리쳤다. 저도 모르게 기억 속에 있던─아마도 엄마가 말해준─702호의 이름이 입에서 튀어나왔다. 야단을 치듯 단호한 말투로 말했지만 준성은 실성한 사람처럼 계속해서 중얼댔다.

─아, 아버지가 죽은 거 같아요. 제, 제가…….

고개를 돌려보니 욕실에 노인이 쓰러져 있었다. 머리 부근에서 나온 피가 수챗구멍 쪽으로 번져 있었다.

─목욕을 시키려는데, 아버지가 나, 난리를 부리면서…… 가만히 좀 있으라고 어, 어깨를 잡고 소리쳤는데…… 혹, 빠져나가 세, 세면대에. 바, 바닥으로. 주, 죽은 거 같아요. 어, 어떡하면 좋아요.

준성이 온몸을 떨면서 말했다.

─빠, 빨리 119 좀 불러주세요. 저저 전 너 너무 떨려서, 제, 제가, 우리 아버지, 주, 죽었으면 어떡하죠?

준성은 계속 손을 떨며 말을 더듬었다. 명주는 엄마가 죽었을 때의 순간이 떠올랐다. 좁은 욕실 안, 세면대와 변기 사이로 노인의 머리가 쑤셔 박힌 듯 놓여 있고 팔과 다리는 반쯤 꺾인 채 각기 다른 방향으로 접혀 있었다.

명주는 조심스럽게 욕실로 들어가 쓰러진 노인의 코에 손을 대보았다. 숨결이 느껴지지 않았다. 목 언저리에도 손을 대보았지만 역시 맥은 뛰지 않았다. 넘어지는 순간 머리가 부딪히면서 피를 쏟고 사망한 것 같았다.

명주는 욕실에서 나와 주머니에서 핸드폰을 꺼내 들었다. 119에 전화를 넣으려는데 준성이 소리쳤다.

─자, 잠깐만요. 아줌마!

준성은 겁에 질려 제정신이 아닌 듯했다.

─저, 전 이제 어떻게 되는 거죠? 가, 감옥에 가게 되나요?

준성의 퀭한 두 눈이 심하게 흔들리며 명주의 대답을 기다리고 있었다. 명주는 준성을 가만히 바라보다 핸드폰을 닫았다.

─감옥에 가느니 차라리 죽어버리는 게 나아요! 죽어버리는 게.

준성은 계속 횡설수설하며 몸을 떨었다.

─이게, 이게 제가 아버지를 보살피면서 산 대가인가요?

준성이 거실과 욕실 앞을 어지럽게 서성거리다 바닥에 털썩 주저앉았다. 방바닥과 바지에도 피가 묻었다. 준성은 자신의 피 묻은 손을 내려다보며 몸을 떨었다.

─지금까지 제 인생은 뭐였는지 모르겠어요.

준성이 고개를 저으며 넋이 나간 듯 말했다. 명주는 입을 열려다 잠시 망설였다. 무슨 말을 해줘야 할지 몰랐다. 며칠 사이 준성의 몰골은 몹시 피폐해져 있었다. 노인 역시 피골이 상접하도록 여윈 모습이었다. 변기에 부딪히는 순간 순간적 고통은 있었겠지만 지금은 평온한 모습이었다. 명주는 119에 신고를 하고 경찰과 사람들이 몰려들고 노인이 실려 나가는 어수선한 광경들을 머릿속에 그려보았다. 구경꾼이 몰려와 수군대고 경찰들 앞에서 횡설수설하고 있을 준성의 모습이 떠올랐다. 경찰의 조사를 받고 그 후로 준성이 겪어야 할 길고도 험한 여정들이 연달아 머릿속에 그려졌다.

─싱크대로 가서 손부터 깨끗이 씻어.

명주는 준성에게 침착하면서도 단호한 목소리로 말했다. 준성은 처음엔 무슨 뜻인지 몰라 어리둥절해하다 시키는 대로 싱크대로 가서 손을 씻었다. 그사이 명주는 노인의 머리를 수건으로 감싸고 욕실에 흐른 피를 깨끗이 닦아냈다. 그리고 준성을 오게 해 노인을 거실 방 한가운데 요 위로 옮겨놓았다. 팔다리를 가지런히 하고 피 묻은 옷가지 위로 이불을 덮어주었다.

―내가 의사는 아니지만.

명주는 차분히 입을 열었다.

―아버지는 돌아가신 것 같아. 넘어지면서 머리가 바닥에 부딪혀서 뇌출혈이 난 것 같아. 피도 꽤 많이 흘렸고, 지금 실려 가서 응급치료를 받는다 해도 살아나실 가망은 없을 거야.

준성의 눈동자가 크게 흔들렸다.

―설사 살아나신다 해도 중환자실에서 호흡기 달고 식물인간처럼 누워 있을 건 뻔하고, 계속 그렇게 누워 있다 보면 천문학적인 병원비가 나오겠지.

준성은 입술을 달싹이며 몸을 덜덜 떨었다.

―응급실에 도착해 돌아가신 게 판정이 나면 경찰이 준성 씨부터 조사할 거야. 사망 경위에 대해서. 준성 씨가 지금처럼 제가 죽였어요! 우리 아버지 제가 죽였어요! 하고 소리치면 경찰들이 뭐라 할까. 간병에 지친 아들, 아버지를 밀쳐 사망에 이르게 하다, 이런 기사가 나겠지. 준성 씨는 조사를 받게 될 테고 사고사라 판명이 난다 해도 그때까진 긴 법적 절차를 치러내야 할 거야. 그 후의 삶은 차치하고라도.

준성은 시선을 아래로 떨어뜨렸다. 명주는 준성을 잠시 바라보았다. 준성은 여전히 몸을 떨면서 겁에 질려 있었다.

―준성 씨 알바도 못 하고 그동안 어떻게 살았어?

—아버지 연금으로…….

—얼마나 되는데?

—60만 원 정도…….

—딱 굶어죽지 않을 만큼이네.

명주는 짧게 한숨을 내쉬었다.

—벤틀리 사고는? 잘 해결됐어?

준성은 바로 대답하지 못했다. 울 듯이 입술을 삐죽삐죽하다가 간신히 입을 열었다.

—아니요. 제, 제가 2천만 원을 물어줘야 한대요. 수리비가 6천만 원인데, 대리회사 보험으로는 4천만 원까지밖에 보상이 안 된다면서…….

명주는 한숨을 내쉬며 멀리 창밖으로 시선을 던졌다.

—후유, 뭔 인생이 이러냐?

명주는 힘없이 뇌까렸다. 어떻게 하는 게 준성을 위해 좋은 건지 가늠이 되지 않았다. 준성 역시 자신과 같은 방법으로 살아가라고 말하는 건 결코 간단한 일이 아니었다. 법에 어긋나는 일이라며 펄쩍 뛸 게 뻔했다. 하지만 준성이 이 상태로 아버지 장례를 치르고, 경찰의 조사를 받고, 어떤 판결을 받든 죄책감을 안은 채 우울하게 살아가리란 건 너무도 뻔한 일이었다. 준성이 제 아버지처럼 술독에 빠져 지낼 모습이 눈

앞에 훤히 그려졌다. 명주는 어떤 식으로든—비록 그 방법이 법에 어긋날지라도—준성을 구하고 싶었다. 명주는 떨고 있는 준성을 바라보다 무겁게 입을 열었다.

—준성 씨는 그동안 아버지에게 최선을 다했어. 그건 내가 알아. 누구에게라도 증언할 수 있어. 아버지는 명만큼 살다 가셨고 어쩌면 잠깐은 고통을 느끼셨겠지만 깔끔하게 잘 가신 거야. 죄책감 같은 건 느낄 필요 없어. 아버지도 준성 씨가 취직하고 결혼해서 남들처럼 평범하게 사는 걸 바라실 거야.

준성이 입술을 씰룩거리며 눈물을 떨어뜨렸다.

—준성 씨, 전에 물리치료사 시험 준비하다 아버지 쓰러지셨다고 했지? 물리치료사 돼서 병원에 근무하고 싶다고.

준성이 고개를 끄덕였다.

—그래서 말인데, 들어봐. 이건 어디까지나 내 생각일 뿐이야. 지금 준성 씨는 준성 씨 앞일을 생각할 때야. 이제 좀 더 냉정해질 필요가 있어. 당분간 아버지가 돌아가신 건 우리만 알고 비밀로 하자. 물리치료사 시험 치를 때까지만 연금으로 살면서 버텨. 그런 다음에 경찰서에 가서 실종 신고를 해. 필요하면 내가 알리바이를 증명해줄게. 새벽에 깜박 잠이 들었는데 아버지가 없어졌다고, 아무리 찾아도 없다고 신고를 해.

준성은 무슨 말인지 몰라 명주의 얼굴을 쳐다보았다.

—이 오래된 아파트는 알다시피 CCTV도 없고 별 의심할 거리도 없을 거야. 아버지 장례는 여기서 치르면 돼. 시신은 내가 처리해줄게.

　준성의 눈이 더 휘둥그레지며 무슨 뜻인가를 물었다.

　—실종 신고 하고 5년인가 지나면 법원이 사망선고를 내려준다고 들었어. 그때까지만 준성 씨가 잘 버텨주면 돼. 연금으로 절약해 살면서 시험에 도전해. 연금은 아버지가 준성 씨에게 남긴 선물이라고 생각하면 돼. 떳떳이 물리치료사가 돼 병원에 근무하면서 아버지 앞에 보란 듯이 잘 살면 되잖아. 어차피 나라에서 보살펴줬어야 하는 거, 우리 스스로 챙겨 받는 것뿐이야.

　준성은 명주의 말이 더 이상 귀에 들어오지 않는지 멍한 표정으로 쳐다보았다.

　—납득이 잘 되지 않을 거란 거 알아. 그래도 내 생각엔 이게 최선일 거 같아. 실은 내 엄마도 그렇게 보내드렸어.

　—네?

　준성은 눈을 더 크게 뜨고 물었다. 명주는 입술을 꾹 다물고 한참 동안 말을 아꼈다.

　—말하자면 길어. 준성 씨가 벌써 의문을 가졌을지도 모르고. 두어 달 전 일이야. 지금 작은방 나무관 안에 누워 계셔.

준성이 입을 벌린 채 상체를 뒤로 뺐다.

─오해하지는 마. 내가 엄마 때문에 준성 씨까지 끌어들이는 건 아니니까. 준성 씨 마음이 무거우면 지금이라도 119 불러서 아버지 모시고 가. 나를 신고를 하든, 고발을 하든, 하고 싶은 대로 해. 나한테 다 뒤집어씌워도 상관없어. 난 엄마만 제대로 묻어드리고 나면 그 후는 어찌 되든 상관없으니까.

명주는 가만히 바닥을 내려다보았다.

─준성 씨가 고등학생 때부터 아버지를 돌봐왔으면 그 세월이 얼마야. 나이야 내가 한참 많지만 그것만큼은 정말 존경해. 누가 그 세월에 대해 감히 말할 수 있겠어. 후유, 그 징한 시간들…….

명주는 한숨을 내쉬었다.

─모든 건 다 그렇게 어느 날 갑자기 시작되잖아. 교통사고처럼 예기치 않게 엄마가 아버지가 쓰러지고 돌봄은 남겨진 누군가의 몫이 되지.

명주는 먼 곳을 응시했다.

─나는 엄마하고 사이가 그렇게 좋지 않았어. 결혼하고 이혼한 후에도 그냥 서로 간섭 않고 엄마는 엄마, 나는 나로 사는 게 편했거든. 그래도 영 남처럼 지낼 수는 없어서 어쩌다 한 번씩 들여다보곤 했어. 엄마도 날로 몸이 쇠약해간다는 걸

알았으니까. 어느 날 오랜만에 엄마한테 들렀는데 엄마가 다소곳이 차를 끓이면서 명완이가 곧 올 거라고 하는 거야. 전화가 왔다면서. 명완이는 열아홉 살에 죽은 내 남동생이거든. 무슨 뚱딴지같은 소리냐고 벌써 25년 전에 죽은 애가 어떻게 오냐고 하니까, 엄마가 내 등을 후려치면서 화를 내는 거야. 어디 어미 앞에서 할 농담이 없어 그런 악담을 하냐고. 방금 전화가 왔다면서 뭐라도 빨리 입 다실 걸 만들라는 거야. 그게 시작이었어.

명주는 잠겨오는 목을 큼큼 가다듬었다.

—다음엔 바닥에 벌레가 기어 다닌다고 있지도 않은 벌레를 잡으라며 족치는 거야. 그 벌레가 점점 커지더니 나중엔 송충이로 다음엔 두더지로 변해갔지. 의사는 레비소체형 치매라나 뭐라고 하더라고. 그렇게 시작됐어. 내가 이 집에 들어와 살게 된 후로 증세가 급격히 심해졌고. 데이케어센터 같은 덴 가려 하지도 않고 죽자 사자 나한테만 매달렸지.

준성이 말없이 듣기만 했다.

—처음엔 그랬어. 나한테 뭐 해준 건 별로 없지만 살아온 세월을 아니까 불쌍하기도 하고, 이제 좀 살아볼 만한가 싶은데 본인도 감당 못 할 병이 찾아왔으니 잘해주려고 했어. 한 1년 넘게 그렇게 살았나 봐. 나는 화상 후유증으로 일자리를

구할 수 없고 얼마 되지 않는 엄마 연금에 의지해 살 수밖에 없었어. 엄마 집에 들어온 걸 후회하고 내 발등을 내가 찍었다 생각하면서 조금씩 무너지고 있었지.

명주는 쉬어가듯 깊은숨을 내쉬었다.

─하루는 조기찌개가 먹고 싶다기에 장을 봐 와 밥상을 차렸는데 갑자기 욕을 해대면서 밥상을 뒤엎는 거야. 맛이 없다고 다시 해 오라고. 생전 안 하던 행동을 해서 나도 놀랐고, 그동안 억눌렀던 게 폭발하면서 못 참겠는 거야. 그래서 한바탕 퍼부어댔지. 누굴 호구로 아냐고. 내가 엄마 노예인 줄 아냐고. 돌봐주면 고마운 줄 알아야지 어디다 대고 욕이냐고 어디 맘대로 해보라고. 그러곤 무작정 집을 뛰쳐나왔어. 더 이상 못 하겠더라고.

명주는 그때 그 순간처럼 숨결이 가빠져왔다.

─집을 나와서 아무 데나 막 걸어 다녔어. 입에서 씨팔조팔 온갖 욕이 다 튀어나오더라고. 한참을 그렇게 지껄이면서 돌아다니다 노래방에 들어갔어. 얼마 만에 가는 노래방인지. 거기서 목이 터져라 노래를 몇 곡 부르고 나니 속이 좀 후련하더라고. 맥주도 마시고 서비스 주는 대로 노래도 더 부르고 시간을 죽였지. 그래도 바로 들어가긴 싫었어. 심야 영화도 보고 밤거리를 막 쏘다녔어. 그런 걸 해본 게 얼마 만인지 모

르겠더라고. 밤 열두 시가 넘어 터덜터덜 들어갔어.

명주는 제 손을 내려다보며 잠시 말을 멈추었다. 준성도 가만히 듣고만 있었다.

—들어와 불을 켜는데 바닥에 엄마가 엎어져 있었어. 작은 방 턱 중간에 코를 박고 이렇게. 아마 뭘 꺼내러 기어가던 참이었나 봐. 곧바로 엄마를 뒤집어 안았어. 그런데 엄마가 대답이 없는 거야. 숨도 쉬지 않고 의식도 없고 몸도 벌써 차가워진 거 같았어. 엄마 몸을 막 주무르면서 엄마, 엄마 일어나! 하고 소리쳤어. 내가 잘못했다고 제발 눈 좀 떠보라고 말했어. 엄마가 이렇게 가면 난 뭐냐고, 난 어떻게 되는 거냐고 막 소리쳤어. 메아리처럼 내 목소리가 방 안을 울려 퍼지는데 순간 너무 무서웠어. 뭘 어떻게 해야 할지, 이제 어떻게 해야 하는지 아무것도 모르겠더라고. 아는 사람도 친척도 친구도 아무도 없었어. 엄마가 돌아가셨다는 걸 받아들일 수가 없었어. 혼자 살아갈 자신이 없었어. 무엇보다 이렇게 끝나게 될 줄은 정말 몰랐어. 엄마가 죽기를 바란 적도 있었지만 이렇게 끝날 줄은. 모든 게 엉망진창으로 돼버린 것 같았어. 어디서부터 내 인생을 바로잡아야 할지 모르겠더라고. 그동안 내가 엄마를 돌본 게 아니라 아픈 엄마에게 의지해서 살았다는 걸 알았지. 이미 별 애착도 없는 삶, 그래 같이 죽어버리자, 여기서 끝

내버리자 했어. 엄마 약을 몇십 알 다 털어 넣고 엄마 옆에 누웠지.

명주는 체념한 듯 한숨을 내쉬었다.

―하루 하고도 반나절쯤 잤나 봐. 갑자기 구토가 나고 머리가 지끈거려 잠에서 깼는데 계속 토하고 어지럽더라고. 반나절을 그렇게 비몽사몽으로 헤매고 있는데 엄마 핸드폰으로 문자가 온 거야. 뭔가 싶어 열어보니 연금이 입금됐다는 알림 문자였어. 그걸 본 순간 마음이 이상하게 요동치더라고. 엄마가 돌아가셨는데 들어오는 연금이라니. 웃기지. 피식피식 웃음이 나면서 다시 살고 싶더라. 나는 한 번도 날 위해 이만한 돈을 써본 적이 없었어. 이 세상에 별 미련도 없지만 이 돈이라도 맘껏 써보고 죽자 했지. 그래서 조금 더 살아보기로 했어. 엄마와 같이 살아가기로. 엄마의 죽음을 조금 유예시킨다고 해서 그게 그렇게 잘못은 아니잖아. 돌을 던질 테면 던지라 그래. 누가 나에게 돌을 던질 건데?

명주는 말을 마치고 초점 없이 방바닥 어느 한 곳을 응시했다. 준성 역시 아무 말도 없이 숨소리만 내고 있을 뿐이었다.

―내 얘기가 짐이 될지도 모르겠지만 잊어. 준성 씨는 또 경우가 다를 테니까. 그리고 절대 죄책감으로 자신을 망가뜨리지 마. 그건 아버지도 원하는 게 아닐 거야.

준성은 명주의 말을 듣는 내내 한마디도 하지 않았다. 가끔은 눈이 더 커지고 가끔은 숨을 참은 채 이야기를 들었다. 명주는 커다란 비밀 하나를 준성에게 안긴 것 같아 걱정이 됐지만 언제까지 비밀로 할 수도 없는 일이었다. 털어놓으니 차라리 속이 후련했다.

　─어차피 사람은 다 죽어. 땅에 묻고 안 묻고 그 차이가 죄가 된다면 그건 어쩔 수 없지. 법이 그렇다니까. 우린 우리 식으로 잘 염해서 보내드리면 되지. 폐가긴 하지만 엄마가 사놓은 고향집이 있어. 언젠가 기회를 봐서 잘 묻어드리면 돼. 그래도 결정은 준성 씨가 해. 난 이런 선택지도 있다는 걸 알려주는 거니까.

　명주는 준성이 결정을 내릴 때까지 기다려주었다. 어느새 밖이 어두워져 있었다. 준성은 한참을 생각하다 말없이 고개를 들었다. 명주와 눈이 마주치자 준성은 천천히 고개를 끄덕였다. 노인은 여전히 깊은 잠을 자고 있는 듯했다. 명주는 염습에 필요한 재료와 조립식 삼나무 관을 인터넷으로 주문하고 재료가 도착하면 같이 염습을 시작하자고 했다. 준성은 반쯤 넋이 나간 채로 머리를 끄덕거렸다. 밤사이 두 사람은 인적이 없는 틈을 타 노인을 명주의 집으로 옮겨두었다.

16

명주는 노인이 덮고 있던 이불을 들어 한쪽으로 치웠다. 관자놀이와 눈 밑으로 검버섯이 가득한 노인의 얼굴은 깊은 잠을 자는 듯 평온해 보였다. 그런 표정 때문인지 오랫동안 햇빛을 보지 못한 창백한 피부도 갓난아기의 연유 빛 살결처럼 뽀얗게 보였다. 노인의 몸에는 아직도 따뜻한 온기가 남아 있는 듯했다.

명주는 라텍스 장갑을 낀 두 손을 맞잡고 요 위에 가지런히 놓여 있는 노인의 팔과 다리를 내려다보았다. 도랑을 건널 때 눈대중으로 그 폭을 가늠하듯 노인이 입고 있는 옷들의 벗길 순서를 살폈다. 은회색 줄무늬 스웨터 아래로 손을 집어넣어 공간을 확보한 뒤 왼팔과 오른팔을 차례로 빼냈다. 진청색 고무줄 바지를 벗기고 그 안의 회색 내복도 같은 방식으로 벗겼다. 준성이 손을 떨면서 노인의 몸을 잡아주었다. 앙상한 두 다리 사이에 채워진 기저귀의 밴드를 풀어 조심스럽게 엉덩이 아래로 빼냈다. 기저귀에는 항문의 힘이 풀리면서 빠져나온 듯한 누런 액체가 한두 방울 묻어 있었다. 화상을 입고 오랫동안 누워 지낸 노인의 몸은 뼈와 살가죽만 남은 형상이었다. 구겨진 종이처럼 제멋대로 유착된 붉은 흉터가 생식기와 허벅지를 지나 발등까지 길게 이어져 있었다.

명주는 노인의 옷을 모두 벗기고 잠시 숨을 골랐다. 준성 역시 긴장한 얼굴로 가만히 숨을 내쉬었다. 명주는 옆에 놓아둔 상자에서 멸균 거즈를 꺼내 알코올을 흠뻑 적셨다. 한쪽 무릎을 세운 자세로 노인의 얼굴을 쓰다듬듯 머리칼을 조심스레 귀 뒤로 넘긴 후 이마와 눈가를 꼼꼼하게 닦았다. 이어 목에서 어깨로, 가슴과 배, 양팔과 다리 순으로 천천히 닦아 내려갔다. 노인의 몸은 경직이 되어 있어 팔과 다리를 들어 올릴 땐, 해동이 덜 된 달라붙은 생선들을 떼어내듯 조심스럽게 힘을 가해야 했다. 등을 닦으려 노인의 몸을 돌려세우려는데 알코올 병을 쏟고 말았다. 다급히 알코올 병을 들어 세우는 준성의 손이 떨렸다. 바닥으로 액체가 번지면서 알싸한 냄새가 훅 끼쳐왔다.

명주는 노인의 몸을 옆으로 돌리기 위해 무릎을 바꿔 세웠다. 170센티가량 되는 노인의 몸은 뼈와 거죽뿐이었지만 누워 있는 고목처럼 다루기가 수월치 않았다. 엄마 때처럼 결코 익숙해지지 않는 어려움이 있었다. 준성에게 노인의 허리를 잡게 한 뒤 노인의 등과 엉덩이를 빠르게 닦아 내렸다. 허벅지에서 발등까지 길게 이어진 화상 흉터를 닦아 내리려니 명주는 제 상처를 만지는 듯 마음이 일렁였다. 준성이 알코올에 적신 솜을 건네주었다. 명주는 다시 한번 흉터 자리를 닦고 종아리와 발바닥까지 꼼꼼히 닦았다. 엄마는 무지외반증으로 엄지발가락이 툭 불거져 있었는데 노인은 건축일을 한 사람치고 발이 고왔다. 시신을 한 차례 닦고 나니 허리께로 통증이 몰려왔다. 땀이 차오른 등을 펴고 눈을 들어 올리자 순간 현기증이 일었다. 준성의 이마에도 땀이 맺혔다. 명주는 노인의 몸을 흰 천으로 덮어두고 한 발 물러나 앉았다. 담배 생각이 간절했지만 잠시 후로 미루었다. 방구석에 켜놓은 침향이 방 안 가득 은은한 나무 향을 풍기며 퍼져 나갔다.

—이런 건 어디서…….

—배웠냐고?

명주가 준성을 돌아보았다.

—나도 뭐 아는 게 있나? 인터넷에 미라 만드는 법, 치니까

나오더라고. 옛날 이집트인들이 하던 거 말이야. 비슷하게 필요한 재료들 주문하고 그냥저냥 따라 했지.

명주는 노인의 몸 위에 덮인 천을 걷어내고 편백나무 수액으로 다시 한번 몸을 닦기 시작했다.

— 편백나무 수액은 소독과 탈취 효과가 좋다고 해서.

두 차례에 걸쳐 닦은 노인의 몸에서는 상쾌한 편백나무 향이 났다. 명주는 상자 안에서 향유와 몰약도 꺼내 들었다.

— 준성 씨도 들어봤지? 성경에서 동방박사들이 아기 예수를 만나러 갈 때 들고 갔다는 그 향유와 몰약 말이야. 가격이 좀 있지만 망자에게 이 정도 예의는 차려주고 싶어서.

명주는 준성에게 웃어 보였다. 그리고 향유와 몰약을 섞어 노인의 머리에서부터 얼굴, 가슴과 어깨, 팔다리 전신에 마사지하듯 부드럽게 바르기 시작했다. 준성의 손바닥에도 덜어주면서 문지르게 했다.

— 옛사람들이 참 지혜로워. 이게 해충을 막고 피부를 보호한다잖아.

명주는 숨이 찼다. 준성도 힘이 드는지 밭은 숨을 내쉬었다. 노인의 몸에서는 은은하면서도 낯선 이국의 향내가 났다.

명주는 이제 4인치와 7인치짜리 아마포(리넨) 붕대를 꺼내 노인의 몸 옆에 가지런히 늘어놓았다. 그런 다음 준성에게 간단히 시범을 보여주었다. 엄마 때는 솜씨가 서툴러 몇 번을 감았다 풀었다 실수가 있었지만 이번엔 요령이 생겼다. 먼저 4인치짜리 아마포 붕대로 머리와 얼굴, 목, 귀 뒤까지 세심하게 싸기 시작했다. 가슴과 배, 팔과 다리, 손가락과 발가락 하나하나까지 상처 부위를 감싸듯 꼼꼼하게 싸 나갔다. 준성과 교대로 머리에서 발끝까지 한 차례 붕대감기가 끝나면 다시 위에서부터 아래로 감아 내려가기를 수차례 반복했다. 작업을 하는 사이 흡착이 잘 되도록 편백나무 수액을 아마포 붕대 위로 골고루 뿌렸다. 노인의 몸은 작은 눈덩이에서 조금씩 커져가는 눈사람처럼 변해갔다. 4인치 붕대로 수차례 감싼 노인의 몸을 이번엔 폭이 넓은 7인치 아마포로 다시 감싸주었다. 그리고 넓은 아마포 붕대의 끝이 풀리지 않도록 다시 4인치짜리 아마포 붕대로 위에서부터 아래로 교차시켜가면서 묶어주었다. 노인은 이제 눈밭에 굴러도 풀리지 않을 만큼 단단한 고치 모양이 되었다. 준성이 노인을 내려다보며 알 수 없는 묘한 표정을 지었다.

이제 조립한 삼나무 관에 노인을 넣을 차례였다. 노인 키에 맞게 주문해 온 삼나무 관에서는 상쾌한 피톤치드 향이 났다. 수 겹의 아마포로 둘러싸인 노인은 꽤 무게가 나갔다. 명주는 준성과 함께 노인을 들어 관 안에 넣었다. 나무관 바닥에는 과탄산소다와 베이킹소다를 미리 부어놓았다. 나무관 가장자리로 깔아둔 아마포 천들이 노인을 넣을 때 완충작용을 해주었다. 남은 공간 사이사이에는 숯과 남은 천들을 채워 넣었다. 준성에게 사진 한 장을 가져오게 하여 노인의 얼굴 부위에 끼워놓았다. 양복 차림의 노인이 어느 사찰의 탑 앞에서 허리에 두 손을 얹은 채 수줍게 웃고 있었다.

명주는 이마와 콧잔등에 맺힌 땀을 닦고 관 안에 누워 있는 노인을 내려다보았다. 준성 역시 상기된 표정으로 아버지를 내려다보고 있었다.

—마지막으로 아버지께 인사드려야지.

명주는 숨을 고르면서 준성을 향해 말했다. 준성은 한참을 내려다보며 입을 열지 못하고 머뭇거렸다.

—아버지, 미, 미안해요. 꼭, 다시 만나요.

준성의 입에서 떨리는 목소리가 새어 나왔다. 준성은 급히 눈가를 문질러 닦았다.

—부디 평안히 가세요.

명주도 작은 소리로 말했다. 명주는 준성과 나무관 덮개를 맞잡고 조심스럽게 닫았다. 쿵, 하는 소리가 났다. 두 사람은 놀란 가슴을 진정시키며 서로 어색하게 웃었다. 다행히 경첩이 달린 나무관 덮개는 밀폐된 상자처럼 네 아귀가 딱 들어맞았다. 명주는 준성을 시켜 나무관 밑 네 귀퉁이에 통풍이 잘 되도록 나무토막을 고여놓고, 방 안에 탈취제와 방향제를 뿌리는 것으로 염습을 마쳤다.

준성은 아직도 충격에서 헤어 나오지 못한 얼굴을 하고 있었다. 명주 역시 염습하는 긴 시간 동안 긴장한 탓에 몸이 뻣뻣하게 굳어 있었다. 긴장이 풀리자 발바닥으로부터 통증이 몰려왔다. 누우면 그대로 쓰러질 것 같았다. 명주는 집으로 가지 않으려는 준성을 위해 한쪽에 이부자리를 깔아주고 자신도 다른 한쪽으로 쓰러져 잠 속으로 빠져들었다.

꼬박 하루를 잔 것 같았다. 일어나니 대낮이었고 시계가 오후 세 시를 가리키고 있었다. 준성은 이부자리를 개놓고 집으로 건너간 모양이었다. 지금은 어쩌고 있는지 궁금했다. 명주는 작은방을 열어 나란히 놓여 있는 두 나무관을 보고서 그간의 일들이 떠올랐다. 그제야 옆집 노인이 돌아가셨다는 게 실감 났다.

명주는 황태미역국을 한 냄비 끓여 준성에게 가져다주었다. 준성은 집 안에 불도 켜지 않고 종일 넋 놓고 앉아만 있었던 듯 무얼 먹은 흔적이 없었다. 명주가 우선 밥을 먹고 집 안 청소라도 하고 있으면 기분이 나아질 거라고 했더니 말없이 고개를 끄덕였다. 집으로 돌아오려는데 준성이 불쑥 물었다.

—근데, 언제까지 집 안에 모셔둬야 할까요?

—언제고 묻어드려야겠지.

명주도 자신 없이 대답했다.

—내가 궁리해볼게.

명주는 작은방에 있는 두 시신을 보니 마음이 무거웠다. 급한 김에 어떻게 시신을 처리하긴 했지만, 계속 이렇게 집에 두자면 냄새가 날 것이고 은진이라도 찾아오면 낭패여서 어떻게 해야 할지 고민이었다. 트럭을 빌린다 해도 어떻게 엄마의 고향 땅에 묻어야 할지 방법이 떠오르지 않았다.

저녁엔 준성을 불러 같이 밥을 먹었다. 준성은 명주의 집에서 밥을 잘 먹지 못했다. 준성이 아버지 시신을 집에 두고 있으면 아무래도 더 신경이 쓰일까 봐 명주 집에 둔 것인데, 이곳에서 밥을 먹자니 죄스러운 듯했다. 준성은 먹는 둥 마는 둥 몇 숟가락 뜨더니 안절부절못하며 고개를 떨구었다. 명주가 앞으로의 계획을 묻자 눈알이 발개지며 입술을 삐죽거렸다.

—시간이 좀 지나면 괜찮아질 거야. 나도 많이 살아보진 않았지만 견디지 못할 일은 없더라고.

명주는 준성을 바라보며 아무렇지 않은 척 보이려 노력했다.

一집에만 있지 말고 운동도 하고 앞으로 계획도 세우고 그래. 시험에 합격하는 날까지만 잘 견디면 되잖아.

명주는 어색한 분위기를 지우려 자꾸만 말을 만들어냈다.

　一저번에 그랬잖아. 남들처럼 쇼핑도 하고 여행도 가고 밤새 게임도 하고 싶다고.

준성이 팔뚝으로 눈가를 문질러 닦았다.

　一품위 있는 삶까지는 바라지도 않아. 생존은 가능해야 하지 않겠어? 나라가 못 해주니 우리라도 하는 거지. 살아서, 끝까지 살아서, 세상이 우리를 어떻게 하는지 보자고. 그때까진 법이고 나발이고 없는 거야.

명주는 집으로 돌아가는 준성의 어깨를 툭툭 쳐주었다. 준성 앞에선 자신도 모르게 말이 많아졌다. 어쩌면 서로가 서로에게 죄책감을 상기시키지 않도록 이렇게 부산을 떠는 건지도 몰랐다. 어느새 명주의 머릿속엔 두 구의 시신을 엄마의 고향 땅에 묻기 위한 계획이 세워지고 있었다. 준성에겐 모든 것이 확실하게 준비된 다음 얘기해주기로 마음먹었다.

명주는 주소를 들고 시골집을 찾아가 보았다. 50호 정도가 사는 시골 마을이었는데, 폐가이긴 해도 손을 조금 보면 살 수 있을 것 같았다. 집이 마을에서 조금 외따로 떨어져 있긴 했지만 그래서 더 안전하겠다는 생각도 들었다. 텃밭이었을 것 같은 곳은 마른 수풀이 우거져 있었다. 처음엔 두 구의 시신을 묻을 자리를 보러 간 것인데 막상 가서 보니 이곳에 살아도 괜찮겠다는 생각이 들었다. 마을 이장을 찾아가 이사를 올 계획이라고 말하고, 수리를 하는 데 필요한 일들에 대해서는 도움을 받기로 했다. 70대 이장은 젊은 사람이 이사를 온다며 흔쾌히 필요한 것들을 지원해주기로 했다. 이곳이 엄마의 고향이라는 말에는 더 반가움을 표했다. 이사 온 후 엄마는 요양병원에 입원했다고 둘러댈 계획이었다. 돌아오면서 명주는 시골집으로 이사하는 데 드는 비용을 머릿속으로 계산해보았다. 은진에게는 이사하면서 아파트의 보증금을 빼 부쳐주면 될 것 같았다.

집으로 돌아온 저녁, 명주는 준성을 불러 술을 한잔하자고 했다. 김치찌개와 소주를 앞에 놓고 마주 앉았다. 시골집에 대한 얘기를 짧게 들려준 뒤, 그곳에 두 분을 묻어드리자고 했다. 그리고 이사 계획에 대해서도 말해주었다. 준성은 놀라면서 이사라는 말에 두려움을 드러냈다.

　—이렇게 빨리요? 이사까지 갈 필요는 없잖아요.

　—그게 좋지 않겠어? 그래야 의심도 덜 받고. 준성 씨 아버지

는 내가 잘 모시고 있을게. 아버지 보고 싶을 땐 언제든지 와.

준성은 말없이 바닥만 내려다보았다. 혼자서 비밀을 떠안고 남겨지는 것에 대한 두려움 때문인 것 같았다. 하지만 각자 견뎌야 할 몫은 있는 법이었다.

— 생각해보면 아버지는 살면서 한 번도 확 피어난 적이 없었던 것 같아요. 꽃들도 활짝 꽃을 피우는 시기가 있고 계절도 봄 여름 가을 겨울이 있는데. 아버지는 사람으로 태어나서 한 번도 반짝 빛났던 때가 없는 것 같아요.

— 그게 준성 씨 잘못은 아니잖아. 그리고 아버님도 언젠가 준성 씨가 모르는 좋았던 시절이 있었을 수도 있고.

준성은 고개를 숙이고 아무 말도 하지 않았다.

— 돌아가시면 원래 내가 잘못한 것만 떠올라.

명주는 한숨을 내쉬며 말했다.

— 나도 엄마하고 살 때 모진 말 많이 했어. 말 안 들으면 혼자 두고 도망가버릴 거라는 말, 진짜 안 하려고 노력하면서 살았는데……. 엄마 데리고 병원에 다닐 때 병원 복도에서 어떤 간병인이 휠체어에 앉은 머리가 하얀 할머니한테 태연하게 그 말을 하는데, 할머니 얼굴이 하얗게 질리면서 금방이라도 울 것 같더라고. 간병인한테만 의지해 있는 환자한테 혼자 두고 도망갈 거란 말이 얼마나 무섭게 들렸겠어. 그걸 보곤

그런 말은 절대 안 할 거라고 결심했는데. 자식이란 나도 결국 그런 말을 하게 되더라고. 그보다 심한 말도 서슴없이 하고 있더라고.

명주는 고개를 뒤로 꺾으며 눈을 껌뻑거렸다. 그러자 떠올리고 싶지 않은 기억 하나가 떠올랐다. 차마 준성에게는 꺼낼 수조차 없는 기억이었다.

엄마의 치매가 급속하게 진행되던 어느 날, 하루하루가 지옥 같은 날들의 연속이었다. 잠깐이라도 자리를 비우면 엄마는 제멋대로였다. 변기의 물을 떠 양치질을 하는가 하면, 변이 묻은 기저귀를 세탁기에 넣어 빨래를 온통 엉망으로 만들어놓기도 했다. 지갑에서 지폐를 꺼내 변기에 구겨 넣고 있을 땐 엄마에게 차라리 빨리 죽으라고 악다구니를 치기도 했다. 무엇보다 힘든 건 엄마가 명주를 향해 내지르는 욕이었다. 엄마는 완전히 다른 인격을 가진 모르는 사람이 되어갔다.

—야, 이년아, 이걸 음식이라고 했냐?

—맛이 없다니까. 맛이 없어! 다시 해 와!

그렇게 소리치며 음식을 던지기도 했다. 명주는 자신에게 더 이상 자비를 바라지 말라고 소리쳤다. 악마가 머릿속에서 끊임없이 속삭였다. 한 대 패버려! 따귀라도 올려붙여! 정신이 번쩍 들게 주먹으로 머릴 쳐버리라고!

명주는 자신에게 이성이 있기를 바라지 않았다. 그렇다. 인간은 원래 사악한 동물이었다. 처음 한 대가 어려웠지 한번 나간 손은 좀처럼 멈춰지질 않았다. 명주는 엄마가 놀라 눈을 부릅뜬 채 자신을 쳐다보는데도 엄마의 얼굴과 머리를 사정없이 때려댔다. 살기로 온몸이 부들부들 떨렸다. 목을 조르는 건 시간문제였다. 엄마가 잘못했어요! 잘못했어요! 두 손으로 빌며 말하지 않았더라면 명주는 돌이킬 수 없는 짓을 저질렀을지도 몰랐다.

명주는 급히 마신 술 때문에 눈가에 열감이 느껴졌다. 자꾸만 눈을 비비며 부릅뜨자 준성이 가봐야겠다며 일어섰다. 명주는 집으로 돌아가는 준성에게 물었다.

―근데, 준성 씨, 트럭 몰 줄 알아?

―저 대리기사잖아요.

준성이 어느 때보다 차분한 목소리로 말했다.

―아, 그렇지 참. 내 정신 좀 봐. 이사 가기 전에 고기 한번 먹자. 힘 좀 써야 될 거야.

명주는 농담으로 분위기를 바꿔보려 했다. 준성도 억지로 웃어 보이려 했지만 어색한 표정이 되고 말았다.

―두 노인네 살아서도 옆집에 사시더니 죽어서도 옆집에

사시겠네. 서로의 취향은 아니시겠지만 말이야.

명주는 말끝에 어색하게 웃었다. 준성은 힘없이 고개를 끄덕하고 현관문을 나섰다. 그새 너무 말라서 바지가 헐렁해 보였다. 그 모습을 바라보고 있자니 다시 눈앞이 흐려져왔다.

명주는 관리실에 집을 내놓고 짐정리를 하며 시간을 보냈다. 웬만한 건 다 버리고 필요한 것들만 챙겼다. 영원히 살 것처럼 희망을 품지도 않았지만, 살아 있는 한은 살아야 할 이유가 있었다.

이사하기 전날, 준성이 또 한 번 이사까지 갈 필요는 없지 않냐며 섭섭해하는 얼굴로 물어왔다.

―다 정해진 일을 놓고 왜?

명주는 그렇게 대답하면서도 두렵긴 마찬가지였다. 자신을 숨기고 살기엔 도시가 더 나을지도 몰랐다. 하지만 이것이 최선이라는 것은 명주도 준성도 인정할 수밖에 없었다.

큰 짐들이 빠져나간 집 안은 고요하고 적막했다. 명주는 은진에게 내일 아침 집을 비우는 대로 돈을 부쳐주마고 전화했다. 은진에게 돈을 부쳐주고 나면 폐가를 수리할 비용 정도만 남겠지만, 내일부턴 은진이 부디 엄마를 찾지 않고 잘 살아가길 바랐다. 은진이 깔아놓은 위치추적 앱은 일찌감치 지웠다. 하지만 은진은 언제고 사는 게 여의치 않으면 또 자신을 찾아오리란 걸 명주는 알고 있었다. 은진은 돈이 들어오리란 걸 알고 기분이 좋아졌는지 돈의 출처에 대해선 아무것도 묻지 않았다. 은진답게 땡큐 소 머치! 소리 높여 대답하곤 전화를 끊었다.

해질 녘, 명주는 집 안을 차근차근 둘러보았다. 엄마와 애면글면 지냈던 시간들이 주마등처럼 스치고 지나갔다. 다시 또 다른 누군가가 이 공간을 채우며 살아갈 거라 생각하니 기분이 묘했다. 거실 창으로 저녁 햇살이 비쳐 들었다. 명주는 지는 해를 바라보다 엄마의 정신이 온전했던 어느 오후가 떠올랐다. 목욕을 시키고 얼굴에 로션을 발라준 다음, 요구르트에 빨대를 끼워 입에 대주었을 때였다. 엄마가 어린애처럼 요구르트를 빨며 개운한 표정을 지었다. 명주는 물끄러미 엄마를 바라보다 저도 모르게 중얼거렸다.

—가난도 싫고 이 집만 아니면 좋을 거 같아서 결혼해 나갔는데, 돌고 돌고 돌아서 온 게 결국 집이었네.

—응?

엄마가 요구르트를 빨며 해맑은 얼굴로 쳐다보았다.

—왜 말해주지 않았어? 사는 게 원래 이렇게 지긋지긋하고

지옥 같다는 거. 엄만 알았어? 엄마는 알았냐고. 응?

엄마는 여전히 아기 같은 표정으로 요구르트만 빨고 있었다.

―몰랐겠지. 몰랐으니까 버티고 버티다 이렇게 정신 줄을 놓아버렸겠지. 아무것도 모르는 어린애가 돼버렸겠지.

명주는 측은한 눈길로 엄마를 바라보았다. 그래도 살아서, 살아 있어서 좋았던 순간들을 떠올리려니 생각이 잘 나지 않았다. 뽀얀 얼굴의 엄마는 명주의 말을 알아듣기라도 한 듯 고개를 끄덕이며 환하게 웃고 있었다.

―미안해 엄마. 이렇게밖에 못 해줘서……. 정말 미안해요.

명주는 눈앞의 엄마를 향해 말하듯 혼자서 중얼거렸다.

그때 거실 밖 베란다 철창 위로 처음 본 듯한 산새 두 마리가 다투듯 날아들었다. 명주가 자세히 보려 다가가자 산새들은 서로의 꽁지를 쫓으며 창가 언저리를 돌다 흐려진 하늘 어디론가 푸드득 날아가 버렸다. 명주는 마치 엄마가 자신을 보러 잠시 들렀다 간 것 같은 느낌이 들었다. 내일이면 비로소 지상에서의 고단한 숙제를 마치고 흙으로 돌아갈 거라고, 흐르는 물처럼 조용히 흐르고 흘러 세상 어딘가로 소리 없이 스며들 수 있겠다고. 그 짧은 작별인사를 하기 위해 왔다 갔다는 생각이 들었다. 명주는 새들이 앉았다 간 창가를 한참 동안 바라보다 옛 기억을 봉인하듯 가만히 창문을 잠갔다. 명주

는 엄마와 여기서 지낸 지난 시간들과 화해하고 싶었다. 지난
시절의 자신과도.

17

준성은 아버지가 돌아가시고 10여 일이 지나 차주의 전화를 받았다. 그동안 명주 아줌마 전화 외에는 일체 전화를 받지 않아 차주는 화가 많이 나 있었다.

—왜 전화 안 받아요? 내가 몇 번이나 전화한 줄 알아요?

차주는 대뜸 짜증부터 냈다.

—차 수리비 어떻게 할 거예요? 어떻게 할 거냐고요!

준성은 아무런 말도 할 수 없었다.

—내가 지금 어떻게 갚을 거냐고 묻잖아요!

—조금씩이라도 갚겠습니다.

준성은 힘없이 대답했다.

—조금씩? 하. 지금 장난해요?

준성은 아무 준비 없이 갑자기 전화를 받아 당황스러웠다.

―그리고 내 차 수리하는 동안 드는 렌트비, 그쪽에서 내야 하는 거 알죠?

―네?

준성은 그런 게 있는지조차 몰랐다. 그런 건 다 보험료에 포함되어 있는 줄로만 알았다.

―그건 대리회사에 전화하셔야 할 것 같은데요.

―하, 참, 내가 답답해서. 지금 내가 이런 거 시비하고 있을 만큼 한가해 보여요? 그쪽에서 대리회사에 확인해봐요. 대리회사가 든 보험에는 그런 조항은 없다니까!

차주는 계속 화가 난 어조였다.

―아무튼 같은 차종으로 3주 동안 드는 렌트비, 하루 80만 원씩 1,440이니까 어떻게 할 건지, 내가 지금 바빠서 끊는데 생각해둬요!

차주는 한바탕 제 할 말만 쏟아내고는 전화를 끊어버렸다.

준성은 아버지가 돌아가신 뒤 어떤 일도 손에 잡히지 않아 아무것도 할 수가 없었다. 차주의 전화는 그런 준성의 머리를 벌집 쑤시듯 헤집어놓았다. 준성은 무얼 먼저 해결해야 하는 지도 몰랐다. 해결할 길은 요원하고 엎친 데 덮친 격으로 렌트비까지 내야 할 형편이었다. 준성은 멍하니 앉아 있다가 지푸라기라도 잡고 싶은 심정으로 대리기사 카페에 들어가 보았다. 지난번 자신이 남겨놓은 질문에 댓글이 달려 있길 바랐다. 여러 댓글 중 눈에 띄는 글이 있었다.

먼저 이런 큰 사고를 당한 데 대해 같은 대리기사로서 안타까움을 느낍니다. 저도 외제차를 몰고 가다 접촉사고를 낸 경험이 있는데, 수리비가 님처럼 많지 않아 보험처리가 됐지만, 자기부담금 명목으로 30만 원을 냈습니다.
님의 경우처럼 수리비 배상액이 큰 경우, 차주가 일단 부담을 하고, 님께 요구해올 것입니다. 저도 사고 직후 걱정이 되어 소송 사례들을 찾아본 적이 있습니다. 대법원은 대리기사가 낸 소송에서 차주와 대리회사, 대리기사가 3분의 1씩 책임이 있다는 판결을 내렸습니다. 님께서 부담해야 할 액수가 3분의 1로 준다고 해도 만만치 않은 금액이지만, 혼자서 부담해야 하는 건 절대 아니라는 걸 알려드리고 싶습니다. 부디 잘 해결되시길 빕니다.

준성은 한 줄기 희망의 빛을 본 듯했다. 3분의 1에 해당하는 700여만 원 역시 적은 돈은 아니지만 마음의 부담이 덜어진 것은 확실했다. 차주가 계속 2천만 원 전액을 요구해올 경우 대항할 명목으로 충분하기 때문이었다. 차주가 빈털터리나 다름없는 준성에게 소송을 걸어올 것인지는 의문이었다. 준성은 댓글을 달아준 대리기사에게 감사 인사를 달았다. 망망대해에 떠 있는 것처럼 절망적이었는데 갑자기 어디선가 떠내려온 나무판자에 몸을 의지할 수 있게 된 기분이었다. 준성은 댓글을 달아준 여러 대리기사들에게 따뜻한 정을 느꼈다. 그리고 형이나 삼촌 들에게 의견을 구하는 마음으로 렌트비에 대해서도 조언을 구한다며 사연을 올려놓았다.

준성은 대리회사에 다시 전화를 걸어 매달 내는 14만 원에 대한 명세서를 달라고 했다. 14만 원 전액이 보험료로 지불되는 게 아니라면 어떤 세목으로 그 액수를 받는지 알아야겠다고 말했다. 하지만 대리회사에서는 지난번과 같이 관리비 외 기타 명목으로 돈이 쓰인다는 뻔한 말을 되풀이할 뿐이었다. 내가! 당신들 때문에 2천만 원이나 되는 돈을 물어야 하는데 당신들은……! 준성은 혼자 부르르 떨다 말을 맺지 못하고 전화를 끊었다. 전화로 할 수 있는 일은 아무것도 없었다. 대리운전 회사가 대리기사들의 보험료를 착복한단 사실을 뻔히 알면서도 회사를 상대로 소송을 벌이는 일이 엄두가 안 나 손을 놓고 있는 셈이었다. 준성은 거대한 벽 앞에서 개미만큼이나 작은 자신에 대해 절망감을 느꼈고 화가 끓어올랐다.

준성은 다시 대리기사 카페에 들어가 보았다. 한 시간도 되지 않아 준성이 올린 글에 댓글이 여러 개 달려 있었다.

보통은 이런 경우 차주들이 협상을 해옵니다. 대리기사들 대부분이 돈이 없는데, 그 돈을 다 받아낼 수는 없고 적당한 선에서 합의를 합니다. 하루 교통비 5만 원 정도로 책정해 3주에 150 정도면 되지 않을까요?

배 째라 하세요. 님 형편에 150도 많습니다.

수리비 2천에 렌트비 1,440? 어느 나라 말입니까? 차라리 감옥에 가겠다, 소송을 걸든지 마음대로 하라 튕기십시오.

렌트비는 무조건 대리업체에 전화하라 떠넘기세요. 이것저것 다 협상하다간 님만 손합니다.

벤틀리급 비싼 차를 모는 부자들의 경우, 대리기사가 물어야 할 수리비를 자기 선에서 처리한 훈훈한 사례도 있습니다. 거물급 연예인이었던 것 같은데, 님의 차주에겐 그런 자비심은 1도 없는 것 같군요. 법대로 하라 하십시오. 법도

만능은 아니지만, 법 말고는 돈 없는 서민이 기댈 수 있는 게 별로 없네요. 힘내십시오.

사실 돈은 대리운전 회사들이 다 가져가요. 감옥은 그 회사 사장들이 가야 해요. 그들이 제대로 된 보험 들고 대리기사들 보호해주고 불공정한 행위 안 하면 이런 일은 생기지도 않아요. 대리기사들 연대합시다!

맨 끝으로 댓글을 올린 사람은 대리기사협회 링크를 올려 회원가입 안내를 하고 있었다. 준성은 링크를 따라 들어가 보았다. 거기에는 대리기사들이 겪은 기막힌 사연들이 적나라하게 올라와 있었다. 대리기사보호법이 국회에 상정되어 있고 많은 대리기사들이 생존권을 위해 연대하고 있다는 것도 알게 되었다. 준성의 가슴 안에서도 무언가 꿈틀꿈틀 올라오는 것 같았다. 제 앞에 닥친 큰불을 끄기에 이런 협회가 무슨 힘이 될까 싶었지만 작은 힘이라도 보태고 싶어 준성도 회원으로 가입했다.

저녁엔 명주 아줌마 집에서 밥을 먹었다. 준성은 명주 아줌마가 내일 이사를 가면 진짜 혼자가 된다는 생각이 들었다.

차주는 그사이에도 여러 번 전화를 걸어왔지만 준성은 받지 않았다. 아직 대처할 마음의 준비가 되지 않았기 때문이었다. 조용히 명주 아줌마 이삿짐 싸는 걸 도왔다. 버리고 갈 가구들을 같이 나르고 얇은 이불로 나무관을 싸두었다. 명주 아줌마는 이가 없으면 잇몸으로 사는 거라며 마음을 대차게 먹으라고 했다. 누구나 하는 말이긴 하지만 명주 아줌마 입을 통해 들으니 왠지 더 새겨들어야 할 말처럼 느껴졌다.

준성은 아버지가 돌아가셨다는 게 아직도 실감이 나지 않았다. 생각하지 않으려 해도 아버지에 대한 죄책감이 마음에서 떠나지 않았다. 아버지가 술에 취하면 늘 하는 말이 있었다. 이것도 한 인생인 거야. 그 말을 들을 때면 준성은 아버지가 세상에 태어나 눈에 띄게 이룬 것도 없고, 자랑할 만한 것도 없어 하는 말인 줄 알았다. 그런 보잘것없는 인생에 대한 변명이라고만 생각했다. 그래서 자신에게도 앞으로의 인생에 대해 이래라저래라 훈계를 하거나 강요한 적이 없다고 여겼다. 아버지는 그렇게 보잘것없어 보이는 당신의 삶을 조용히 홀로 삭이다 부지불식간에 가셨다. 이제 준성은 아버지의 말이 다르게 다가왔다. 아버지가 살아낸 인생은 그것대로 하나의 인생이니, 너도 네 삶을 네 스스로 짊어지고 살아가라는 의미로. 화려하지 않아도, 드러낼 만한 인생이 아니어도 모든 삶은 그대로 하나의 인생이니까.

준성은 집으로 건너와 밤늦게 걸려온 차주의 전화를 받았다.

—생각해봤어요? 수리비하고 렌트비 어떻게 할 건지.

차주는 단도직입적으로 물었다.

—저는 회사에 보험료를 매달 내왔고, 그 보험료로 수리비가 충당되어야 맞는데, 대리회사에서 고의로 보험금을 착복해 보상액이 적은 보험을 들어 제가 수리비 일부를 배상해야 하는 상황이 생긴 거라서, 좀 더 시간이 필요할 것 같습니다. 수리비는 대리회사 책임도 있으니 저 혼자 부담할 수는 없다고 생각합니다.

—그래서, 뭐, 대리회사를 상대로 소송이라도 내겠다는 겁니까?

준성은 대답하지 않았다.

—그럼 그 소송이 끝날 때까지 무작정 기다려라. 허 참. 그럼 렌트비는 어쩌고요?

—렌트비는 대리회사에 전화해보세요. 저는 모르는 일입니다.

—보자 보자 하니까 정말, 이것 봐! 사고는 누가 내놓고 이거 너무 뻔뻔한 거 아냐? 뭘 믿고 이렇게 뻣뻣하게 나오는지 모르겠는데, 콩밥 한번 먹어봐야 정신을 차리겠어? 어? 나도

피해자라고!

— 계속 반말로 하시면 대답하지 않겠습니다.

준성은 전화를 끊었다. 일부러 차주를 골탕 먹이려는 건 아니지만 차주가 이렇게 흥분한 상태로는 무슨 말을 해도 타협점을 찾을 수 없을 것 같았다. 시간이 걸리더라도 천천히 협상해 나가는 수밖에 다른 방법이 없었다. 준성은 막다른 길에서 오히려 마음이 차분해지는 것을 느꼈다.

18

아침에 일어나니 눈이 올 것처럼 하늘이 뿌옜다. 준성은 바로 일기예보를 찾아보았다. 어제까지만 해도 영상 3도의 구름이 낀 날씨라고 나와 있었는데, 지금 보니 오후부터 곳곳에 눈이 오는 곳도 있을 거라고 바뀌어 있었다. 준성은 서둘러야 겠다고 생각했다. 곧바로 렌터카 업체로 가서 트럭을 몰고 왔다. 명주 아줌마가 일찌감치 예약해놓은 트럭이었다. 준성은 트럭 꽁무니를 아파트 입구 쪽으로 대놓고 재바르게 짐을 실어 날랐다. 명주 아줌마 짐은 별로 없고 나무관 두 개가 제일 큰 짐이었다. 이불로 싸서 외쪽짜리 장롱처럼 보이게 만든 나무관을 옮기는 건 생각보다 쉽지 않았다. 무게도 무게려니와 사람들 시선이 신경 쓰였다. 잔뜩 긴장을 하고 나무관을 카트로 옮겨 싣는데 요령이 없어서인지 카트가 자꾸 뒤로 밀려났다. 복도에서 명주 아줌마와 고전을 하는 중에 반대편 복도 쪽에서 남자 목소리가 들려왔다.

—안녕하세요?

돌아보니 마트 점장이 파랗고 긴 이동식 카트를 끌며 걸어오고 있었다. 배달을 마치고 돌아가는 길인 것 같았다. 딱 벌어진 어깨에 건강한 기운이 느껴졌다.

—그거 뭔데예. 도와드릴까예.

점장은 발 빠르게 카트를 밀고 와 나무관을 붙잡았다. 준성은 긴장된 표정으로 고개를 꾸뻑했다. 명주 아줌마 역시 불안한 시선으로 점장을 쳐다보았다. 점장은 요령 있게 나무관을 옮겨 실었다. 준성은 명주 아줌마와 마주 보며 어색한 웃음을 지었다.

—어디 이사 가십니꺼?

명주 아줌마가 옆에서 고개를 끄덕였다.

—어디로예?

—충청도 증평으로요. 엄마 고향이에요.

—어머님은예?

—먼저 가 계세요.

명주 아줌마는 천연덕스럽게 대답했다. 점장은 열린 문 안

쪽을 한번 기웃하더니 섭섭한 표정을 지었다.

—아, 그럼 우짜지예. 우리 단골손님 떨어져 나가는 거네예.

점장은 너스레를 떨었다. 점장의 카트에도 나머지 짐을 싣고 아래 서 있는 트럭까지 내려왔다.

—이거 뭔데 이렇게 무겁습니꺼? 장롱은 아닌 것 같고.

—옷장이에요. 엄마 옷장.

명주 아줌마가 빠르게 둘러댔다. 그러고는 점장의 카트를 가리키며 좀 빌릴 수 있겠냐고 물었다. 마트 점장은 그러라고, 10만 원만 내라며 웃었다.

—어머님한테 안부 전해주이소.

점장은 걸어가다가 깜박한 듯 돌아서 큰 소리로 외쳤다. 명주 아줌마는 돌아가는 점장을 향해 고개를 꾸벅했다. 손잡이 쪽이 긴 점장의 카트는 나무관을 옮기기에 조금 더 수월해 보였다.

—저 마트 점장 말이야.

명주 아줌마가 멀어져가는 점장을 보며 말했다.

—생각해 보니까, 지금까지 유일하게 나한테 사심 없이 인사를 건넸던 사람이란 생각이 드네. 집과 마트와 엄마 사이를 삼각형 꼭지처럼 돌았던 1년 반 동안 말이야. 준성 씨도 그렇고.

명주 아줌마는 준성을 돌아보며 코를 찡긋했다.

준성은 이삿짐을 다 싣고 미리 사놓은 파란 비닐 천막으로 이삿짐을 덮었다. 단발머리 여학생이 이삿짐을 나르기 시작할 때부터 트럭 주변을 맴돌며 서성거리고 있었다. 좋은 구경거리라도 생긴 듯 호기심이 가득한 얼굴이었다. 준성이 천막을 덮고 이동식 카트를 돌려주러 마트로 갈 때, 명주 아줌마도 마지막으로 집 안을 둘러보고 오겠다며 아파트로 올라갔다.

준성이 마트에 카트를 돌려주고 돌아서는데 하늘에서 눈발이 날리기 시작했다. 일기예보로는 분명 오후부터라고 했는데 벌써부터 눈발이 날리다니. 준성은 서둘러 트럭 앞으로 돌아왔다.

그런데 웬일인지 단발머리 여학생이 트럭 옆에서 안절부절못하고 서 있었다. 급한 볼일이라도 있는 것처럼 발을 동동 굴러댔다. 얼굴 표정마저 다급해 보였다. 준성이 왜 그러느냐고 웃으며 말을 걸자, 여학생은 뭐라고 말을 할 듯 입술을 씰룩거리다 트럭 짐칸 쪽으로 팔을 쭉 뻗었다.

—트럭 안에 하, 할머니가 있어요! 트럭 안에 할머니가 있어요!

여학생은 같은 말을 반복해 소리쳤다. 준성은 머리칼이 쭈뼛 섰다. 할머니라니. 도대체 어떤 할머니가 있다는 거지? 가습이 마구 뛰었다. 여학생이 천막을 들춰 나무관 뚜껑을 열어 보기라도 한 걸까? 여학생은 그사이에도 계속 같은 말을 해 대고 있었다. 준성은 달려가 여학생의 입을 틀어막고 싶었다.

어서 빨리 이 자리를 떠나야 했다. 준성은 천막이 제대로 덮여 있는지 빠르게 살폈다. 명주 아줌마를 부르려 급히 핸드 폰을 꺼내 드는데, 막 경비실을 통과해 들어오는 경찰차 한 대가 보였다. 떨리던 가슴이 더 날뛰기 시작했다. 준성은 트 럭 문을 열고 운전석에 올랐다. 그때 명주 아줌마가 잰걸음으로 3동 입구를 빠져나오고 있었다. 아줌마가 손으로 빨리 가 자는 신호를 보내왔다. 아줌마가 조수석에 오르며 숨찬 목소 리로 말했다.

―준성 씨, 눈 온다!

―네. 빨리 가요.

준성은 재빨리 시동을 걸었다. 여학생은 트럭을 향해 지치 지도 않고 계속 팔을 흔들어댔다. 경찰은 아파트 3동과 4동 중간쯤에 차를 세우고 나오면서 여학생을 쳐다보는 듯했다. 트럭이 요란한 소리를 내며 미끄러지듯 아파트를 빠져나갔 다. 준성은 백미러로 여학생의 모습이 보이지 않을 때까지 계 속 바라보았다.

―쟤는 뭐라는 거야? 왜 저렇게 손을 흔들어대는데?

트럭이 아파트 단지를 빠져나와 여학생이 보이지 않게 되었을 때 명주 아줌마가 물었다.

　―모르겠어요. 갑자기 트럭 안에 할머니가 있다고 계속해서 소리치더라고요. 뭘 보고 그러는지.

　―할머니가 있다고?

　명주 아줌마도 놀란 목소리로 물었다.

　―네. 저도 얼마나 놀랐는지…….

　준성이 떨리는 목소리로 말했다.

　―그리고 우리가 막 떠날 때 경찰차 들어온 거 보셨어요?

　―아니, 왜? 준성 씨 조사라도 나왔을까 봐?

　준성은 걱정스러운 얼굴로 고개를 끄덕였다.

　―뭐 누가 신고할 일이 있었나 보지. 우리 아파트 밤낮 싸움 나는 데잖아. 걱정하지 마. 그리고 조사하면 나를 조사하러 나왔지, 준성 씬 아니니까.

　명주 아줌마는 말은 그렇게 하면서도 긴장이 되는지 마른세수를 하듯 두 손으로 얼굴을 비벼댔다.

　준성은 집을 나오기 전 이른 아침에 걸려온 벤틀리 차주의 전화가 경찰의 방문만큼이나 신경이 쓰였다. 차주는 돈을 언제 갚을 거냐며 딱딱한 목소리로 물었다. 렌트비는 차치하고라도 수리비를 언제까지 받을 수 있나 떠보려는 심산인 듯했

다. 준성은 연습하고 연습한 내용을 끌어 올리며 입을 열었
다. 차주와 대리회사, 대리기사가 3분의 1씩 부담하라는 대법
원 판결 사례를 들먹이며 그렇게 합의가 이뤄지면 매달 조금
씩이라도 갚아 나가겠다고 말했다. 그러자 차주는 기가 막힌
듯 선뜻 말을 잇지 못하다 비아냥거리는 투로 물었다.

　—그래서 뭐, 어떻게, 대리운전해서 갚아주시겠다? 언제,
언제까지 갚을 건데요?

　준성은 달리 할 말이 없었다. 하지만 언제까지고 매달 조금
씩 갚아 나가겠다는 건 진심이었다. 그래도 분명히 해두고 싶
어 덧붙였다.

　—네, 그 돈 다 받으시려면 인내심이 필요할 거예요. 제 배
를 가른다고 그 돈이 한꺼번에 나오진 않으니까요. 제 능력으
론 그렇게밖에 갚을 길이 없어요. 분명한 건, 꼭 끝까지 다 갚
는다는 거예요. 한 달에 30만 원씩이라도.

　—30만 원씩?

　차주는 어이가 없고 기가 막힌다는 듯 짧은 한숨을 짓곤 갑
자기 전화를 끊어버렸다.

　준성도 전화를 끊고 핸드폰을 손에 쥔 채 한참을 그대로 앉
아 있었다. 갑자기 마주친 몸집이 집채만 한 곰과 한바탕 싸
움이라도 한 듯 가슴이 벌렁거렸다. 하지만 가슴속에서는 오

라고, 어떤 운명도 상대해줄 테니 오라고 나지막이 속삭이고 있었다. 준성은 지금 바닥으로 떨어진 제 인생을 가까스로 일으켜 세우는 중이라는 생각이 들었다. 아버지가 아버지의 인생을 아버지의 방식대로 살아냈듯이, 준성은 제 나름의 방식으로 싸워가고 있다고. 그러자 방금 전 경찰차의 등장도 조금은 유연하게 대처할 수 있을 것 같았다.

눈발이 조금씩 굵어지며 시야를 흐렸다. 준성은 와이퍼를 작동시키고 핸드폰 내비게이션에서 도착 예정 시간을 확인했다. 눈길이라 원래 예정 시간보다 오십 분이 늘어난 두 시간 이십삼 분이라고 쓰여 있었다. 눈발이 더 굵어지면 시간은 더 늘어날지 몰랐다. 준성은 어색해진 침묵을 몰아내려 라디오를 켰다. 차분해진 마음과는 달리 손이 떨려 제대로 주파수를 맞출 수가 없었다. 명주 아줌마가 손을 뻗어 채널을 맞춰주었다.

사실은 나도 잘 모르겠어. 불안한 마음은 어디에서 태어나 우리에게까지 온 건지

낯설지 않은 노래가 흘러나오고 있었다. 하지만 누가 무슨

말이라도 꺼내면 아슬아슬하게 유지되던 평화가 깨질 것만 같은 분위기였다. 명주 아줌마도 무슨 생각을 하는지 무겁게 앞만 바라보고 있었다.

나도 모르는 새에 피어나 우리 사이에 큰 상처로 자라도 그건 아마 우리의 잘못은 아닐 거야

운전에만 집중하는데도 이상하게 가사가 귀에 쏙쏙 박혀왔다. 준성은 흐려지는 시야를 확보하려 자꾸만 두 눈을 부릅떴다. 그때 노래 선율 사이로 쿵쿵쿵 벽을 쳐대는 소리가 섞여 들려왔다. 명주 아줌마와 눈을 마주친 것도 그때였다. 준성은 고개를 돌려 명주 아줌마와 자신 사이 뒤쪽 공간을 쳐다보았다. 소리는 그곳에서 들려오고 있었다. 준성은 재빨리 갓길에 차를 세우고 차에서 내렸다. 곧바로 트럭 뒤로 가서 파란 천막을 들어 올렸다.

헉! 준성은 놀라 입을 다물 수가 없었다. 트럭 이삿짐들 사이에 은빛요양원 할머니가 쪼그려 앉아 있었다. 머리카락은 천막에 눌려 납작해지고 가슴엔 보따리를 끌어안은 채였다. 막 조수석에서 내려 달려온 명주 아줌마도 할머니를 보곤 눈이 휘둥그레졌다.

―추워 죽겠어. 나 좀 데려가줘.

할머니는 보따리를 껴안은 채 덜덜 떨며 말했다.

명주 아줌마는 곧바로 할머니를 앞자리로 데려와 앉혔다. 가방에서 보온병을 꺼내 따뜻한 물을 마시게 한 뒤 겉옷을 벗어 둘러주었다. 그리고 준성에겐 히터를 좀 더 올리라고 말했다. 할머니는 물을 마시고 몸이 데워지자 얼었던 얼굴에 차츰 화색이 돌기 시작했다. 할머니는 그새 무슨 일이 있었냐는 듯, 준성과 명주 아줌마를 빤히 쳐다보았다.

―이제 어디로 가?

―집에 가요. 우리 집에.

명주 아줌마가 큰 소리로 말했다.

할머니는 그제야 마음이 놓인 듯 환하게 웃었다. 흔들리는 트럭에 몸을 맡기면서 창밖 풍경을 쳐다보기도 했다. 준성은 도대체 할머니가 언제 트럭에 올라탔는지 알 수가 없었다. 단발머리 여학생이 손을 흔들며 외친 건 바로 이 할머니를 본 때문인 것 같았다. 트럭이 고속도로로 들어서자 할머니는 얕게 코를 골기 시작했다.

―어떡해요. 이 할머니?

준성은 명주 아줌마를 돌아보며 걱정스러운 얼굴로 물었다.

―우리 엄마 삼지 뭐.

명주 아줌마가 웃으며 가볍게 말했다. 하지만 명주 아줌마
는 엄청난 일도 농담처럼 아무렇지 않게 말한다는 것을 준성
은 알고 있었다. 준성은 어이가 없어 입을 벌린 채 앞만 바라
보았다. 소리도 없이 내리는 눈송이들을. 그러다 흐흑, 웃음
이 났다. 너무 어이없을 때 터져 나오는 웃음이었다. 그러자
명주 아줌마도 웃음에 전염된 듯 픕, 하고 웃음을 터뜨렸다.
연이어 두 사람의 입에서 거침없이 웃음소리가 터져 나왔다.
도로 위로 내리는 눈발이 더 굵어지고 있었고 노래도 계속되
고 있었다.

그러니 우린 손을 잡아야 해
바다에 빠지지 않도록
끊임없이 눈을 맞춰야 해
가끔은 너무 익숙해져버린
서로를 잃어버리지 않도록

─너무 웃었더니 배고프다. 배고프지 않아?
명주 아줌마가 웃음 끝에 나온 눈물을 닦으며 물었다.
─휴게소 보이면 우동 사 먹어요. 우리.
─우리?

─네. 할머니도 깨워서.

준성이 옆자리를 돌아보며 말했다.

─좋지. 눈 오는 날에 뜨끈뜨끈한 우동이라…….

명주 아줌마가 입맛을 다시며 말했다.

─근데, 참. 짜장면 먹고 싶다지 않았어?

명주 아줌마가 코를 찡긋하며 웃었다. 준성도 따라 웃었다. 할머니는 맛있는 음식을 먹는 꿈을 꾸는 중인지 입을 달싹이며 자고 있었다. 준성은 3미터 앞조차 보이지 않는 눈길을 엉금엉금 기어가듯 나아갔다. 차창으로 눈송이가 흩날리며 도로 전체가 온통 눈밭으로 바뀌어가고 있었다. 이런 속도라면 한 시간은 더 지체될 것 같았다.

라디오에서는 다른 노래가 이어지고 있었다. 그 노래 사이로 희미하게 경찰차의 사이렌 소리가 섞여 들렸다. 음악 소리가 작아지면 사이렌 소리는 조금 더 크게 들려왔다. 어디서 사고라도 난 걸까, 준성은 생각했다. 조심해서 운전을 해야겠단 생각에 허리를 쭉 펴고 운전대를 바로 잡았다.

─눈 내리는 날이 대리기사들에겐 대목이란 거 아세요?

준성이 물었다.

─왜? 위험하잖아.

─위험하니까 대목이라는 거예요.

명주 아줌마가 이해가 안 간다는 얼굴로 준성을 쳐다보았다.

─위험하니까 대리기사들이 안 나오고, 대리기사가 부족하니까 대리비가 올라요.

준성은 마치 대리 고수가 된 것 같은 말투로 말했다. 명주 아줌마는 조금은 알 것 같다는 얼굴로 고개를 끄덕였다. 준성은 저만 아는 웃음을 지으며 기분 좋게 웃었다. 굵어진 눈송이가 창문에 온몸을 던지듯 떨어져 내리고 있었다.

─한 가지 마음에 걸리는 게 있어요.

명주 아줌마가 준성을 돌아보며 눈으로 물었다.

─아버지 말예요. 이렇게 가실 거, 좋아하는 술이나 맘껏 드시게 할걸. 막걸리 한 병을 기분 좋게 못 사드렸어요. 그게 후회가 돼요.

준성의 말에 명주 아줌마는 아무 말도 하지 않았다. 가만히 차창 너머를 뚫어질 듯 쳐다보다 화가 난 사람처럼 고개를 옆으로 획 돌렸다. 차창 풍경을 보나 했는데 이내 한 손으로 눈가를 문질러 닦고 있었다. 할머니의 가늘게 코 고는 소리가 차 안에 울려 퍼지고 경찰차의 사이렌 소리도 가까이 다가오고 있었다. 준성은 문득 아버지를 차에 싣고 태워주는 일도 태어나 처음이자 마지막이라는 생각이 들었다. 그러자 도로가 눈으로 뒤덮이고 차가 엉금엉금 기어 다 늦은 밤에 도착한다 해도 그리 늦었다 생각되지 않을 것 같았다.

할머니가 흔들리는 차의 출렁임을 자장가 삼아 명주 아줌마의 어깨에 머리를 기대어 깊이 잠들었을 때, 명주 아줌마의 눈도 감겨 있었다. 행여나 할머니가 잠에서 깰세라 할머니의 두 손을 꼭 잡은 채였다. 그사이 준성은 저녁을 먹고 막 거리로 나와 장거리 콜을 달리고 있는 상상에 빠져들었다. 저녁으로 소시지부침과 막걸리 한잔을 드려서일까, 아버지는 기분이 좋아 보였다. 텔레비전 앞에서 일기예보를 보며 운전 조심하란 말을 여러 번 되풀이했다. 그래서인지 비록 눈길이긴 해도, 지금 가는 곳이 얼마나 멀고 낯설든, 분명 그곳에서도 복귀 콜을 받고 무사히 집으로 돌아갈 수 있으리란 터무니없는 믿음이 마음속에서 새록새록 피어올랐다. 하얀 눈이 온 세상을 축복하듯 차창 위로 소복소복 내려 쌓이고 있었다. 준성은 얼굴 가득 옅게 퍼지는 미소를 지으며 자신에게만 들리도록 가만히 속삭였다. 오늘은 운수가 좋은 날이다.

추천의 말

혈연 가족을 가로질러 새로운 가족의 구성을 모색하는 문미순의 장편 『우리가 겨울을 지나온 방식』은 어쩌면 새롭지 않을 수도 있다. 그러나 작가의 대담하고도 치밀한 이야기 능력은 불운의 잇단 습격 속에 악전고투하는 이혼녀 명주가 연금 때문에 어머니의 죽음을 숨기는 반(反)도덕을 독자로 하여금 승인하게 만들거니와, 기구한 이웃 청년 준성마저 아버지의 죽음을 은폐하도록 유인하니, 이 소설은 어느덧 도덕의 피안이다. 그럼에도 소설은 밝다. 명주가 모든 시간과 화해하며, 준성과 함께 서울의 임대아파트에서 충북 증평(曾坪) 시골집으로 이사 가는 결말은 아름답다. 국가라는 장치가 퇴색하는 거대한 흐름 속에서 民 스스로 새로운 공동체를 구성하는 희망의 정수박이가 빛나는 이 소설은 가장 비천한 현실 속에서 가장 고귀한 인간적 진실을 길어 올리는 소설의 본령에 문득 다가서던 것이다. **최원식**(문학평론가)

이 소설은 개인의 차원에서 감당하기 어려운 불운과 절망, 고통으로 시작된다. 그것은 겹을 이루면서 두 주인공을 극한으로 내모는데, 그 과정에서 발생되는 윤리적 딜레마가 독자를 혼돈에 빠뜨린다. 하지만 이야기가 진행될수록 잔혹한 현실은 역설적이게도 인간적인 연대와 온기를 발견해가는 과정으로 전환된다. 이야기를 추동하는 힘과 작가의 신념 혹은 배짱이 인상적이다. **은희경**(소설가)

『우리가 겨울을 지나온 방식』은 이야기가 불가능한 곳에서 이야기의 길을 내고, 삶의 가능성이 소진된 곳에서 한 줌 빛을 찾아내는 소설이다. 길 없는 길을 포복하듯 나아가는 것처럼 보이지만, 소설의 끝에 이르면 정교하게 설계된 희망의 서사 앞에 흠뻑 마음을 적시게 된다. 가혹한 이야기를 감싸고 있는 이상한 명랑과 온기는 설명하기 힘든 희망의 기술이 이 작가에게 있다는 믿음을 갖게 한다. 끈질긴 관찰과 긴 사유를 뒤에 두고 있는 정직하고 정확한 언어들의 박진감도 희망의

기술을 돕는다. **정홍수**(문학평론가)

　신문 지상의 사건란에 엽기적인 죄목과 이니셜로만 남겨졌
을 인물들을 소환한 작가는 그들의 일상을 담담하게 뒤따라
간다. 임대아파트에서 벽을 맞대고 이웃으로 살아가는 명주
와 준성, 그들은 조금씩 조금씩 궁지로 내몰리고, 마침내 잔
혹한 현실이 제 모습을 드러내는 순간 우리는 그들의 선택에
수긍할 수 있을까. 스스로 자신의 생존을 챙길 수밖에 없는
야만의 시대에 윤리란 어떤 의미가 있을까. 소설 속 인물들과
다를 것 없이 야만의 계절을 보내고 있는 지금의 우리에게,
딱 필요한 질문이다. **하성란**(소설가)

　『우리가 겨울을 지나온 방식』은 일본 마이니치신문 취재반
이 쓴 『간병살인』을 읽었을 때보다 더욱 충격적이었다. 간병
과 돌봄의 무거움을 홀로 감당하고 있는 인물들의 목소리를
듣는 것만으로도 내 안의 무엇인가가 무너져 내렸다. 이런 비
극은 그냥 받아들일 수밖에 없을 것이다. 가족으로 인해 받는
고통은 과연 무엇으로 극복할 수 있을까. 피할 수 없는 미래
를 담담하게 보여주는 『우리가 겨울을 지나온 방식』은 최근
에 읽은 어떤 소설보다 감동적이었다. **강영숙**(소설가)

"아!" 하는 작품을 만났다. 귀한 경험이었다. 작가가 혹독한 수련을 했겠구나, 싶었다. 한순간도, 자신이 하려는 이야기 밖으로 나가지 않는다는 점에서 그랬다. 손에 쥔 정보를 어디서 풀어놓고, 어떻게 거둬야 하는지 잘 안다는 점에서도. 가장 인상적인 것은, 어둡고 중량감 있는 이야기를 장악하는 작가의 악력이었다. 빠르고 힘 있게 이야기를 몰아치다가 툭 던지는 무심한 유머로 숨 쉴 틈을 마련해주기도 한다. 이야기의 끝엔 감동과 여운, 그리고 묵직한 질문이 기다린다. 신선하면서도 노련하다는 점에서, 그 밖에 여러 면에서, 군계일학이었다.

『우리가 겨울을 지나온 방식』을 읽을 수 있었던 건 행운이었다. 당선작으로 결정되었을 땐, 마치 내가 쓴 소설인 양, 어리둥절한 자부심마저 들었다. **정유정**(소설가)

첫 문장을 읽는 순간부터 마지막 문장을 읽는 순간까지 이 책에 대한 내 자유의지는 완전히 박탈당했다. 극적인 사건에 반하는 절제된 감정들, 세공된 표현에 더해진 빈틈없는 설계, 그에 따른 긴장감과 몰입감 때문만은 아니었다. 간병노동의 사각지대에 고립된 주인공이 불법의 위험과 패륜의 비난을 무릅쓰고 감행하는 결단과 실행이 마치, 자신이 따라야 할 것은 국법이 아니라 마음의 법이라며 왕명을 거슬러 오빠의 장례를 치러주었던 안티고네의 상황만큼이나 절박하고 철학적이었기 때문이다. 각자도생, 각자도사. 각자 열심히 산 대가가 불행의 거미줄에 포박당한 채 범법자가 되거나 패륜아가 되는 일뿐이라면 그것은 그들의 실패일까 공동체의 실패일까. 쉽게 답할 수 없는 문제다. 그러나 진창과 폐허에서도 설득력 있는 희망을 만들어낸 이 소설이 인간 존엄과 사회 제도에 대해 중요한 질문을 던지는 데 성공했다는 것만큼은 틀림없는 사실이다. **박혜진**(문학평론가)

작가의 말

내 책상 주변에는 크고 작은 메모지들이 붙어 있다. 좋아하는 작가들의 문장이나 시, 글쓰기에 관한 지침들을 옮겨 적은 것이 대부분이다. 그것들은 시간이 지나면서 없어지기도 하고 새로 첨가되는 메모지들에 가려 기억에서 잊히기도 하지만 꾸준히 자리를 지키고 있는 것들도 있다. 고 박상륭 선생님이 어느 강연에서 젊은 작가 지망생들에게 하셨다던 말씀도 그중 하나다.

"너무 젊어서부터 소설에 모든 걸 걸지 않았으면 좋겠어요. 자기가 하는 일을 열심히 하다가 그 일에 전문가가 되고 그것에 관해 쓰면 그게 소설이 되는 거지, 소설이 뭐 별건가요? 좋은 사람이 되는 게 어렵지."

언제 읽어도 가슴이 뭉클하다. 어쩌면 나는 이런 말씀들 덕분에 수시로 주저앉는 마음을 일으켜 세우고, 원래 가고자 했던 길을 잃지 않고 계속 걸어갈 수 있었는지도 모르겠다.

상을 받는다는 건 기쁜 일이면서도 의문(내가 상을 받을 만한 작품을 썼나)과 두려움을 동반하는 일이다. 이 소설이 세상에 나올 수 있도록 뽑아주시고 책으로 엮어주신 모든 분들께 진심으로 감사 인사를 드린다. 오늘에 이르기까지 사랑과 격려로 품어주신 부모님과 형제들, 가르침을 주신 선생님들, 변함없이 응원을 보내준 친구와 문우들, 오랜 시간 내 습작들을 읽어주고 조언해주신 김민주, 서화교, 송지은 작가님께는 특별히 감사의 말을 전하고 싶다.

이 소설을 쓰는 동안 나는 마치 주인공들의 손을 잡고 큰 산을 넘는 것 같은 기분을 느꼈다. 힘든 고비도 많았지만 완주할 수 있어서 기뻤고, 주인공들이 끝내 삶을 포기하지 않아서 좋았다. 이 글은 소설의 형식을 빌려 내가 내 자신과 가족들에게 전하는 다짐이자 약속이기도 했다.

나의 작업을 묵묵히 지켜봐주고 나의 진부함엔 가감 없이 태클을 걸어주는 남편과 승민, 승원에게 사랑과 고마움을 전

한다. 누구나의 삶은 모두 소중하다는 것을 다시 한번 마음에 되새긴다. 이 소설이 돌봄에 지친 누군가에게 짧은 휴식이 될 수 있다면 더없이 기쁘고 다행이겠다.

2023년 4월
매지리 숲의 봄을 그리며
문미순

KOMCA 승인필

본문에 쓰인 노래 가사는 KOMCA의 승인을 받았습니다.

48면 싸이,〈어땠을까〉(2012)

114면 혜은이,〈열정〉(1985)

115면 윤수일,〈아파트〉(1982)

243, 244, 246면 백예린,〈그건 아마 우리의 잘못은 아닐 거야〉(2019)

제19회 세계문학상 수상작

우리가 겨울을 지나온 방식

초판 1쇄 발행 2023년 5월 9일
초판 7쇄 발행 2024년 10월 21일

지은이 문미순
펴낸이 이수철
주   간 하지순
디자인 박예진
영업관리 오세미
콘텐츠개발 전강산, 송인욱, 최진영
영상콘텐츠기획 김남규
관   리 진호, 황정빈, 전수연

펴낸곳 나무옆의자
출판등록 제396-2013-000037호
주소 (10449) 경기도 고양시 일산동구 호수로 358-39 동문타워1차 703호
전화 02) 790-6630 팩스 02) 718-5752
전자우편 namubench9@naver.com
인스타그램 @namu_bench

ⓒ 문미순, 2023

ISBN 979-11-6157-149-2 03810